書下ろし

火《ほ》影《かげ》

風烈廻り与力・青柳剣一郎㊸

小杉健治

祥伝社文庫

目次

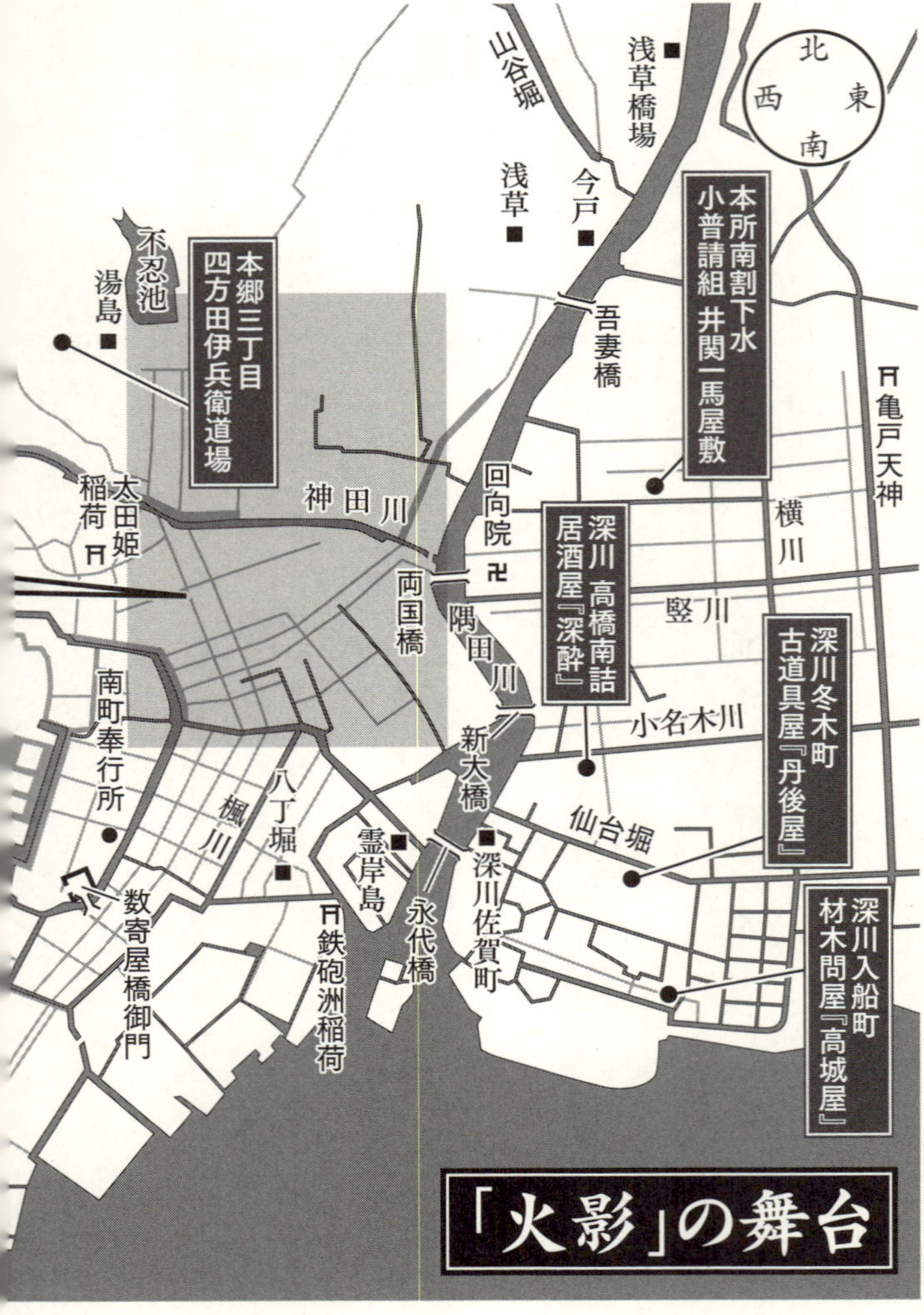

「火影」の舞台
北
西
東
南
本郷三丁目
四方田伊兵衛道場
本所南割下水
小普請組 井関一馬屋敷
深川 高橋南詰
居酒屋『深酔』
深川冬木町
古道具屋『丹後屋』
深川入船町
材木問屋『高城屋』
浅草橋場
山谷堀
浅草
今戸
不忍池
湯島
吾妻橋
亀戸天神
回向院
太田姫稲荷
神田川
横川
両国橋
竪川
隅田川
小名木川
南町奉行所
新大橋
八丁堀
楓川
仙台堀
霊岸島
深川佐賀町
永代橋
数寄屋橋御門
鉄砲洲稲荷

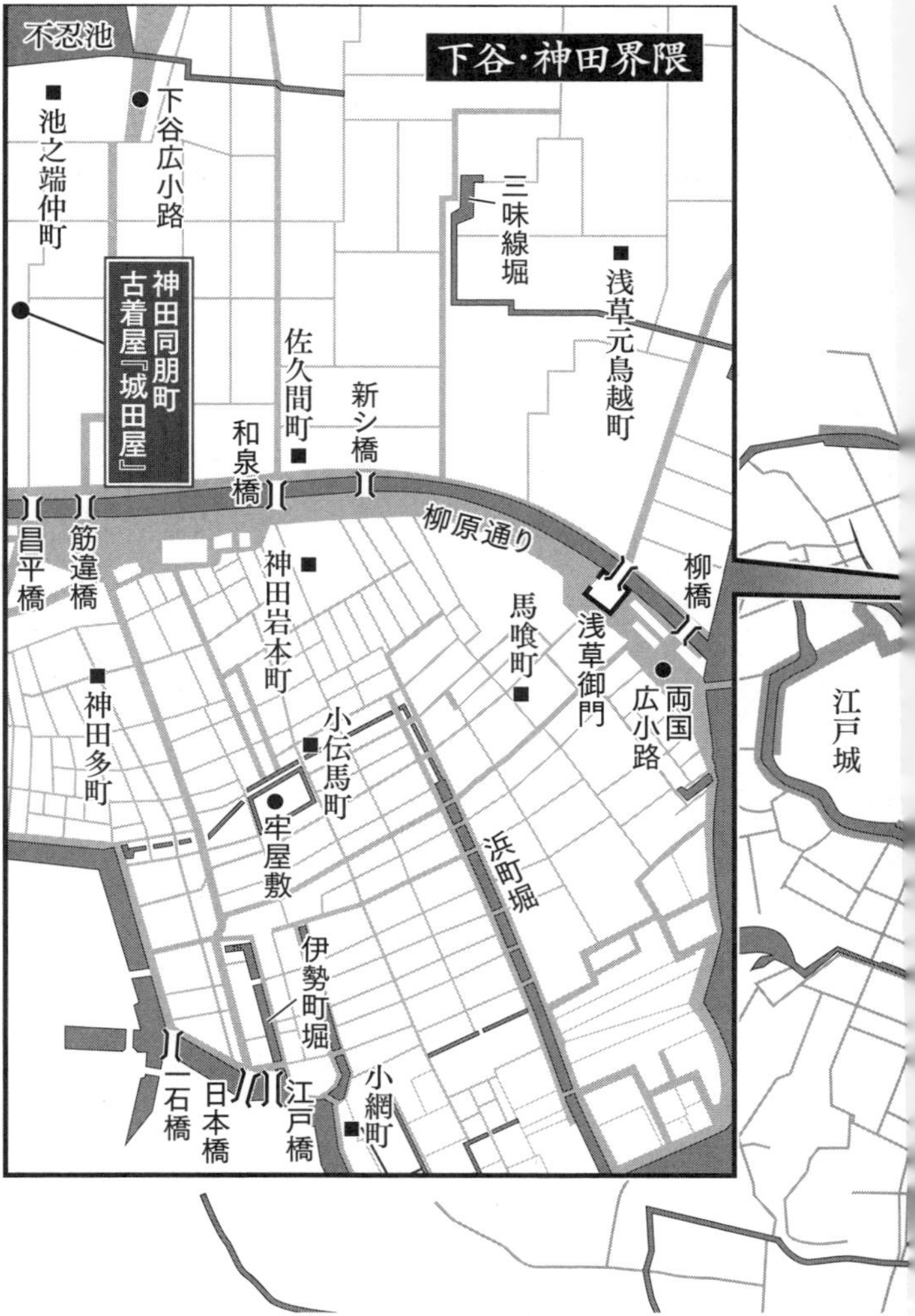
下谷・神田界隈
不忍池
池之端仲町
下谷広小路
神田同朋町
古着屋『城田屋』
三味線堀
浅草元鳥越町
佐久間町
新シ橋
和泉橋
柳原通り
昌平橋
筋違橋
神田岩本町
馬喰町
浅草御門
柳橋
両国広小路
江戸城
神田多町
小伝馬町
牢屋敷
浜町堀
伊勢町堀
一石橋
日本橋
江戸橋
小網町

第一章 闇《やみ》の命令

一

床下からこおろぎの鳴き声がした。日中の残暑《ざんしょ》は厳しいが、陽《ひ》が落ちると涼《すず》しい風が吹いてくる。

心地よい季節になったが、庭を見渡せる部屋は、しばらく重たい雰囲気《ふんいき》に覆《おお》われていた。その息苦しさから逃れるように、平吉《へいきち》は庭に目をやった。

こおろぎの鳴き声が床下ではなく植込みのほうから聞こえた。別のこおろぎだろうか、それとも床下のこおろぎが座敷の雰囲気の重たさから逃げ出したのか。

「ちっ、空《から》だ。平吉、持ってこい」

井関一馬《いぜきかずま》が徳利《とっくり》を振り、沈黙を破った。

「へい」

平吉はすぐに立ち上がった。

本所南割下水《ほんじよみなみわりげすい》の小普請組《こぶしん》井関一馬の屋敷に、同じ小普請組の久米卓之進《くめたくのしん》が来ていた。その部屋に、奉公人の平吉と春三《はるぞう》、それに遊び人の欣次《きんじ》がいた。この三人が同席を許されているのは、同じ一味だからだ。

平吉は厨《くりや》に行く。平吉は生国《しょうごく》の上州《じょうしゅう》で喧嘩《けんか》からひとを殺して、江戸に逃げてきた。口入《くちい》れ屋を通して、井関一馬の屋敷に中間《ちゅうげん》として奉公するようになった。今は若党《わかとう》も兼ねている。二十五歳だ。井関家が平吉を雇《やと》っているのは有能だからではなく、給金が安く済むからで、単に金がないだけだ。

主人の一馬もとんでもない不良御家人《ごけにん》だった。この屋敷で賭場《とば》を開いて、寺銭《てらせん》を稼《かせ》いでいた。また、いかがわしい女を屋敷に連れ込んだり、強請紛《ゆすりまが》いのことをしたりと、とうてい直参《じきさん》とは思えない武士だ。

平吉が台所の床に直《じか》に置いてある徳利を摑《つか》んで部屋に戻ると、まだ一馬と卓之進が言い合っていた。

「こんな脅《おど》しに屈したら、久米卓之進の名折れだ」

卓之進が文《ふみ》を振り上げて叫《さけ》ぶ。二十八歳で、色白の顔をしているが、口をついて出る言葉は激しく、いらだっていた。卓之進も一馬に負けないほどの自堕落《じだらく》な武士だった。平吉から見れば、上州の博徒《ばくと》と少しも変わらなかった。

そんなふたりが真顔で苦しんでいるのだが、平吉も他人事《ひとごと》ではなかった。

「単なる推量からの脅しとは思えない。奴らは見ていたとしか考えられないほど、何もかも知っているんだ」

一馬は憤然《ふんぜん》と言う。卓之進と同い年だが、落ち着いて風格があるので、卓之進より年上のように見える。切れ長の目は冷たい印象を与える。

「はったりだ。あの時、見ていた者はいなかった」

卓之進は強気だった。

きょうの昼過ぎ、玄関の式台《しきだい》に一通の文が置いてあったのを平吉が見つけた。

一馬は文の中身を見て、顔色を変えた。

それで、急遽《きゅうきょ》、卓之進と欣次を呼び寄せたのだ。

「だが……」

一馬は眉根《まゆね》を寄せた。

「一馬。心配するな。組頭《くみがしら》どのに訴えるというが、この者が直に訴え出られるはずはない。正体を明かすことになるからな。文でしか訴えられまい。その程度のことなら、しらを切り通せばいい」

　卓之進は強がりを言う。

「しかし、組頭どのだけでなく、南町《みなみまち》の青痣与力《あおあざよりき》にも知らせると書いてある。組頭どのはなんとかごまかせても、青痣与力は厄介《やっかい》だ」

　青痣与力とは南町の風烈廻《ふうれつまわ》り与力だ。

「青痣与力といってもどれほどの者だ。たかだか町奉行所の与力ではないか。世間が騒ぎ過ぎているだけだ」

　卓之進は強気を崩さなかった。

「いえ、卓之進さま」

　春三が口を入れた。四角い偏平《へんぺい》な顔をした男で、一馬の屋敷の奉公人だ。平吉のひとつ上で、やはり素性《すじょう》にいかがわしいところがある。

「青痣与力はこれまでにも、定町廻《じょうまちまわ》りの手に負えない事件の探索に加わって、数多く解決しています。あなどらねえほうがいいと思いますぜ」

「そうだ、青痣与力をあなどったら手痛い目に遭《あ》う」

　一馬も忠告する。

「そんなに凄《すご》い男か」

卓之進が不安そうに尋ねる。

「ええ、剣の腕は立ち、洞察《どうさつ》の力も並外《なみはず》れていますぜ」

春三は青痣与力をよく知っているようだった。

「なぜ、青痣与力と言われているのだ？」

「なんでも、与力になりたての頃、押込み犯の中に単身で乗りこんで賊を全員退治したっていいます。そのとき左頬《ほお》に受けた傷《きず》が青痣として残って、その後数々の難事件を解決したことから、いつしか町の衆は青痣与力と呼ぶようになったそうです」

卓之進がきく。

「春三はどうしてそんなことを知っている？」

「町の衆は皆知ってますぜ」

春三はそう答えたが、平吉は、春三が青痣与力と何か関わったことがあるのではないかと思った。

「おまえたちも知っているのか」

卓之進は、平吉と欣次にきいた。

「へえ、あっしも知っています」

平吉が答えると、欣次も、

「井関の旦那《だんな》が仰《おつしや》るとおり、青痣与力に目をつけられたら、ことですぜ」

と、話した。

卓之進は不快そうに顔を歪《ゆが》めた。

「きっと、この文の主も青痣与力のせいで手痛い目に遭ったんじゃないですかえ」

春三が真顔で言う。

「どうやら、おまえも痛い目に遭った口らしいな」

「へえ。何年か前にあっしが世話になっていた盗《ぬす》っ人《と》のお頭《かしら》が捕まり、獄門《ごくもん》になりました。俺は絶対に捕まらないとうそぶいていたんですが……」

「平吉は見たことがあるのか」

卓之進がきいた。

「風烈廻りですから、風の強い日などは配下の同心《どうしん》と町を巡回しています。何度か見かけたことはあります」

平吉は答える。

「『高城屋《たかしろや》』の件は奉行所も気づいていない。青痣与力だって動かないはずだ。

だが、知ってしまえば、青痣与力は必ず動き出す」

　一馬が顔をしかめた。

「今さら、『高城屋』の件の何がわかるというのだ。もうひと月経《た》つ」

　卓之進はまだ強気に言うが、さっきより声の調子は弱くなっていた。

「青痣与力が調べ直せば、あの妾《めかけ》が……」

　春三が言いかけたのを、

「春三、余計な口はいい」

と、一馬が叱責《しっせき》する。

「へい」

　春三は頭を下げた。

「あの妾はだいじょうぶなのだろうな。俺たちを裏切っているのではないのか。影法師《かげほうし》の仲間ではないと言えるのか」

　卓之進が欣次に確かめる。

　欣次が『高城屋』の主人の妾お蝶《ちょう》と出来ているのだ。欣次は苦《にが》み走《ばし》ったいい男で、女には好かれそうな顔をしている。

「お蝶はだいじょうぶです」

欣次はすぐに応じる。

「あのことを知っているのは、俺たち五人とその妾だけのはずだ。だが、この文の主も知っているのだ」

卓之進が厳しい口調《くちょう》で言う。

文には、『高城屋』の件を組頭と青痣与力に知られたくなければ、次に記《しる》した五人を殺せ。まずは三日以内にひとり。五人全員終了したら、そなたたちを放免《ほうめん》する。殺す者は記した通り。期限は半月。そして最後に、影法師とあった。

ここにいる誰も、記された五人の標的の名前に心当たりはなかった。

「いずれにしろ、やるしかない」

一馬は観念《かんねん》したように言う。

「この五人から影法師の正体《しょうたい》が探り出せるかもしれない。五人すべてを殺《や》るまでに影法師の正体を突き止めるんだ」

卓之進が激しく言う。

「影法師を叩《たた》き斬《き》ってやる」

一馬も怒りをぶつけた。

標的の五人は次の通りだった。

一、大道易者《だいどうえきしゃ》の八卦堂《はっけどう》十庵《じゅうあん》。神田佐久間町《かんださくまちょう》一丁目甚兵衛店《じんべえだな》。
二、牛松《うしまつ》という年寄。神田岩本町《いわもとちょう》甄右衛門店《がんえもんだな》。
三、小間物屋の清吉《せいきち》。深川佐賀町《ふかがわさがちょう》八兵衛店《やへえだな》。
四、居酒屋『深酔《ふかよい》』の亭主権蔵《ごんぞう》。深川小名木川《おなぎがわ》にかかる高橋《たかばし》の南詰め。
五、一刀流四方田伊兵衛《よもだいへえ》剣術道場の師範代松永左馬之助《しはんだいまつながさまのすけ》。本郷《ほんごう》三丁目の四方田道場離れ。

「一番手強《てごわ》そうなのが、松永左馬之助って侍《さむらい》ですね」

平吉が難しい顔で言う。

「うむ、あとの四人は造作《ぞうさ》もない。四人が終わるまでに、影法師の正体を探り出すのだ」

卓之進が言うのを平吉が、

「この者たちにわけを話してはどうでしょう」

と、自分の考えを述《の》べた。

「自分たちを殺そうとしている者に、心当たりがあるんじゃありませんかえ」

「心当たりがあるかどうかわからん。そのために殺し損ねたら困ったことになる」

　一馬が顔をしかめて否定した。

「いや、大道易者の八卦堂には、そう話を持ち掛けてもいいかもしれぬぞ」

　卓之進は平吉の考えに賛成した。

「それより、まず、この五人のつながりを確かめるんだ」

「でも、三日以内に最初のひとりを殺らねばなりませんぜ」

　欣次が口をはさむ。

「ともかく、影法師を油断させるためにも、まずは八卦堂を殺るんだ」

　一馬が言うのを、

「あっしが殺ります。やらせてください」

と、平吉は言う。平吉は上州にいたとき、剣術道場に通っていたので、腕には覚えがあった。

「もうひとりいたほうがいい」

「では、あっしも」

　春三が進んで言う。

「いいだろう」

卓之進が頷《うなず》く。

「じゃあ、あっしは牛松という年寄を探ってみます」

欣次が言う。

「それにしても、思いもよらぬ事態になったものだ」

一馬が憤然とした。

「いってえ、誰が……」

平吉にとってもまったく寝耳に水のことだった。

『高城屋』の話を聞いたのは、一馬が暮らしに困窮《こんきゅう》していたときだった。

屋敷で賭場を開いていたのを組頭が知り、組頭の屋敷に呼ばれた一馬は激しい叱責を受けたのだ。たった一度だけですと言い訳をして、なんとか許してもらったが、今度不祥事を起こしたら、甲府勤番《こうふきんばん》か最悪は士籍《しせき》取り上げの処分が下るだろうと言い渡された。

その後、しばらくはおとなしくしていたが、困窮から一馬と平吉は何度か辻強《つじ》盗を働いた。だが、全部でも十両に届かず、同じ博打《ばくち》仲間だった卓之進と何か大きなことをしようと話していたとき、平吉の知り合いだった欣次から『高城屋』

の話を聞いたのだ。

そもそもは、欣次が材木問屋『高城屋』の主人三右衛門《さんえもん》の妾お蝶と深い仲になったことから始まる。そのお蝶から、三右衛門が六月十日に橋場《はしば》の家で、作事奉行《さくじぶぎょう》に賄賂《まいない》の五百両を贈ることになっていると聞いた。そのとき、金だけではなくお蝶も作事奉行に差し出されてしまうと、お蝶は泣きながら訴えたという。

平吉はその五百両を奪《うば》おうと考えた。そして、自分の企《たくら》みを一馬に話した。一馬は目を輝かせ、卓之進もすぐ乗り気になったのだ。

それから欣次を引き合わせ、春三も加わり企みを練《ね》った。

そして、当日、作事奉行が妾の家に到着し、供の者たちと三右衛門が引き上げたあと、五人で押し入った。最初は五百両を奪うだけだったが、一馬と卓之進は作事奉行を斬り捨ててしまった。

直参の矜持《きょうじ》をとうに失っている一馬と卓之進は、あまりにも異なる作事奉行との境遇の差に怒りが抑《おさ》えきれなかったのかもしれない。

一刻（二時間）後、三右衛門がやってきたとき、お蝶は柱に縛《しば》られ、五人はとうに逃げたあとだった。

三右衛門は現場の惨状に腰を抜かさんばかりだったらしい。だが、三右衛門は作事奉行の斬殺死体に狼狽《ろうばい》しながら、事後《じご》の手立てを考えていた。自身番《じしんばん》には知らせず、作事奉行の屋敷に使いを走らせた。屋敷から用人《ようにん》が駆けつけたが、ほんとうのことは伏せておくしかなく、作事奉行は病死したとして始末をつけるために、亡骸《なきがら》を屋敷に運んだ。

欣次を通してお蝶から話を聞いたが、お蝶、三右衛門らの間では何事もなかったということになった。その日、作事奉行が来たことも、五百両が家にあったこともすべて秘され、したがって押込みもなかったということになった。一馬たちは五百両を奪ったが、すべてはうやむやになった。

五百両のうち、一馬と卓之進が二百両ずつ。残りの百両を平吉、春三、欣次の三人で分けた。

それからひと月後、予想だにしない事態に襲われた。

六月十日の真実を知っている者がいたのだ。あのとき、あの家にいたのは押し込んだ五人とお蝶に作事奉行だ。作事奉行が死んだあとは仲間しかいない。

誰かに秘密を漏らすとしたらお蝶だけだ。だが、欣次との結びつきからお蝶が裏切るはずはない。

だとしたら、影法師と名乗っている文の主はどうして真相を知り得たのか。このことで青痣与力が乗り込んで来たら、確実に核心に迫っていくに違いない。

「じゃあ、あっしは引き上げます」

欣次が挨拶《あいさつ》して腰を上げた。

「誰かに尾《つ》けられていないか、気をつけるんだ」

一馬が用心深く言う。

「わかっています」

欣次が部屋を出て行くので、平吉も立った。

平吉は玄関まで見送って座敷に戻った。

「平吉」

腕組みをしていた一馬が厳しい顔を向けた。

「へい」

平吉は畏《かしこ》まる。

「欣次は間違いないのか」

「だって、欣次が今回の話を持ち込んできたんじゃないですか」

「それはそうだが……」

「欣次を疑うならあっしだって怪《あや》しいし、春三だってそうです。でも、あっしらにはそんなことをする理由はありませんぜ」

「そうだな」

　一馬が渋い顔をした。

「ともかく、明日、八卦堂に会ったら何か摑めるかもしれません」

「そうだな。隙《すき》があったら殺れ」

「わかりやした」

　平吉は頷き、春三とともに中間部屋に戻った。

「どうもわからねえ」

　春三が言う。

「俺たちは完璧にやったんだ。秘密が漏れるとしたら、やはりあの女からとしか思えねえ」

「だが、お蝶は欣次といい仲なんだ」

「それなんだが、お蝶には欣次以外にも男がいるんじゃねえか」

「まさか」

「欣次も騙《だま》されているのかもしれねえ」

「……………」

「それとなく、欣次に話してみろ。欣次は女に惚《ほ》れられていると鼻の下を伸《の》ばしているが、実際はうまく使われているだけかもしれねえ」

平吉は拳《こぶし》を握りしめた。

「わかった。それとなく言っておく」

「うむ」

いずれにしろ、これから五人を殺し、影法師の正体を探らねばならなかった。平吉は、なにかとんでもない迷路に迷い込んでしまったような胸騒ぎに襲われていた。

二

翌朝は風がやや強かった。風烈廻り与力の青柳剣一郎《あおやぎけんいちろう》は同心の礒島源太郎《いそじまげんたろう》と大《おお》信田新吾《しだしんご》と共に見廻りに出て、本郷から湯島《ゆしま》の切通しを下ってきた。

風烈廻りの見廻りは、失火《しっか》や不穏な人間の動きを察知して付け火などを防ぐために行なわれるが、風の烈《はげ》しい日は剣一郎も見廻りに加わることにしていた。

強かった風も陽が昇るに従い、弱まってきた。

「陽が昇ってくると、まだまだ暑いな」

源太郎が照りつける陽射《ひざ》しにまぶしそうに言う。

「でも、ひと頃に比べたらましです」

新吾が応じる。

「季節のうつろいは早いものだ」

風が弱まって張りつめていた気が緩《ゆる》み、ふたりは口が軽くなったのだ。

池之端仲町《いけのはたなかちょう》に入ってから、剣一郎はふと足を止めた。

木の枝を杖《つえ》代わりにし、左足を引きずった年寄が目の前を横切って行く。鬢《びん》には白いものが目立ち、痩《や》せていた。着ているものも継《つ》ぎ接《は》ぎだらけだ。その年寄が途中で顔をこちらに向けた。

頰がこけ、頰骨も突き出ているが、目だけは鈍《にぶ》く光っていた。

年寄はすぐに顔をそむけたが、剣一郎はその目に覚えがあった。年寄は逃げるように木の枝を突き、足を引きずりながら横町に入って行った。

「すまぬ。わしは用を思いだした。先に行ってくれ」

剣一郎は源太郎と新吾に言う。

「わかりました」

源太郎は今のことだと察したようだが、わけをきかずに新吾に声をかけて先に行った。

剣一郎はすぐに年寄のあとを追った。年寄は小商いの店が並ぶ中にある、八百屋《やおや》の脇の路地を入った。

剣一郎も路地に入った。そこを抜けると、不忍池《しのばずのいけ》が見えた。だが、年寄の姿はなかった。

あの足取りでは遠くまで行けないはずだ。近くにある一軒家ではないかと見当《けんとう》をつけ、そこを訪ねた。

古い家だ。小さな門を入り、格子戸《こうしど》を開ける。

「ごめん」

剣一郎は奥に声をかけた。

しばらくして、十七、八歳と思える整《ととの》った顔立ちの娘が出てきた。

「いらっしゃいませ」

上がり口まできて腰を下ろし、娘は丁寧《ていねい》に迎えた。

「つかぬことを訊《たず》ねるが、足の不自由な年寄を見かけて、この近くまで追ってきたところ、見失ってしまった。ひょっとして、この家に入ったのではないかと思って訪ねてみたのだが」

剣一郎は娘に言う。

「じっちゃんだと思います」

「ここに住んでいるのか」

「はい」

「年寄の名は？」

「万助《まんすけ》です」

「万助か……」

剣一郎が知っている男の名は万五郎《まんごろう》だった。

「あの、じっちゃんが何か」

娘は不安そうな顔をした。

「誤解を与えたようだが、わしの昔の知り合いではないかと思って、懐《なつ》かしくなったのだ」

「そうでございますか」

娘は安堵《あんど》したように微笑《ほほえ》んだ。

「すまないが、会わせてもらいたい」

「はい。少々、お待ちください」

娘は奥に引っ込んだ。

剣一郎は家の中を見回す。壁が少し剝《は》がれかかっている。かなり、古い家だ。

娘が戻ってきた。

「どうぞ」

「すまない」

剣一郎は腰から刀を外して右手に持ち替え、部屋に上がった。

坪庭の見える部屋で、万助が左足を投げ出すようにして座っていた。

万助は目を見開いていた。剣一郎はじっと見つめる。

「そなたは……」

「青柳さま」

万助は観念したように頭を下げた。

剣一郎は万助と差し向かいに腰を下ろした。

「やはり、万五郎であったか」

剣一郎は改《あらた》めて衝撃を受けた。

「へえ、あっしも年をとりました。顔も変わり、誰にも気づかれないと思っていたのですが」

「わしも目を疑った」

「失礼します」

娘が茶をいれてもってきてくれたので、剣一郎は口をつぐんだ。

「ありがとう」

剣一郎は礼を言う。

「孫のなみです」

万助が言う。

「やっぱり、お知り合いだったのですか」

おなみが万助と剣一郎を交互に見た。

「そうだ」

万助が答える。

「じっちゃんが青柳さまとお知り合いなんて」

おなみがうれしそうに言う。

「十年ほど前、わしは万助にいろいろ世話になったのだ」

剣一郎は話を合わせる。

「世話だなんて」

万助は戸惑いを見せた。

「じっちゃんが青柳さまと知り合いだなんて、私も鼻が高いわ。じゃあ、積もる話もあるでしょうから、ちょっと出かけてきます。青柳さま、どうごゆるりと」

「いてくれても構《かま》わないが」

剣一郎は引き止める。

「いえ、ちょうど外に出るところでしたから」

「どちらへ？」

「天神《てんじん》さまに」

湯島天神だと、おなみは答えた。

「気をつけてな」

万助は出かけるおなみに声をかけた。

「いい娘御だ。あのような孫娘がいるとは知らなかった」

当時、江戸市中を荒し回っていた盗賊かまいたち一味の頭が万五郎と名乗って
いた万助だとは、おなみには言えなかった。

「あの娘のおかげで、あっしは足を洗う気になったんです。あの娘がいなけれ

ば、あっしは三尺高いところに首を晒《さら》していたはずです」

「ひょっとして、あのとき隠れ家に来なかったのは……」

十年前、剣一郎はひょんなことから、俳諧《はいかい》の師匠と知り合った。なぜか、剣一郎はその俳諧の師匠と気が合い、いっしょに酒を酌《く》み交《か》わしたこともあった。

その後、剣一郎は途中からかまいたち一味の探索に加わった。かまいたち一味は、盗みに入った家の者を傷つけずに大金を奪い去る、得体《えたい》の知らない盗賊団だった。やがて、剣一郎は俳諧の師匠に疑いを持ち、ついにかまいたちの万五郎だと確信した。俳諧師に化《ば》けて、狙《ねら》う商家を物色《ぶっしょく》していたのだ。

剣一郎は万五郎に盗みをやめるように説《と》いた。だが、手下のいる身で自分だけが足を洗うことは出来ない、と万五郎は答えた。

そのうち、同心のひとりが一味の隠れ家を突き止めた。直《ただ》ちに奉行所の捕物《とりもの》出役《しゅつやく》が隠れ家を急襲し、かまいたち一味の主《おも》だった者たちを捕まえた。が、肝《かん》心《じん》の万五郎に逃げられた。危険を察知し、逸《いち》早く逃亡したのかもしれなかった。

「じつは、あっしには娘がいました。ほとんどいっしょに住んだことはありませんがね。もちろん、あっしが盗《ぬす》っ人《と》の頭だなんて知りません。仲買人《なかがいにん》で、あちこち品物を仕入れるために旅をしていると言ってました。あのときは、なぜか無《む》性《しょう》に娘に会いたくなりましてね。久しぶりに娘のところに顔を出したんです。そしたら、孫のおなみがあっしにまだ帰るなと。あのときはまだ七歳でした。おなみに引き止められるままに居続け、隠れ家に帰るのが遅れたんです。ふたりに別れを告げ、隠れ家に近《ちか》づいたら捕り方に囲まれていて……」

万助は苦い顔で、

「事態を察し、そのまま逃げました」

「すぐ江戸を離れたのか」

「はい、中仙道《なかせんどう》をひた走りました」

「てっきり、太田宿《おおたじゅく》で死んだと思っていた」

隠れ家の襲撃からひと月後、日光例幣使街道《にっこうれいへいしかいどう》の太田宿の旅籠《はたご》で火事があった。焼け跡から黒こげの死体が見つかった。お尋《たず》ね者のかまいたちの万五郎を追っていた八州廻《はっしゅうまわ》りの御代官手付《おだいかんてつき》が、焼死者は万五郎に間違いないと言い切った。

「ひょっとして、あの火事はそなたが仕組んだのか」

剣一郎は問い質《ただ》す。

「とんでもない」

万助は否定した。

「確かに付け火だったようですが、あっしじゃありません。ただ、たまたまあっしの部屋の隣にあっしと同じような体つきの客がいました。だいぶ酒を呑《の》んでいて、酔いつぶれて逃げられなかったんでしょう。あっしはそのどさくさに紛《まぎ》れて太田宿を離れました。でも、火傷《やけど》を負《お》った足が痛みだし、栃木《とちぎ》で動けなくなりました。おかげで、こんな足に」

「では、栃木にいたのか」

「へえ、七年ほど経って、あっしの顔も変わり、もうあっしは死んだことになっている、万五郎とわかる者もいないだろうと思って江戸に舞い戻りました。娘のところに行ったら引っ越したあとでしたが、捜し回って、やっと見つけました。でも、そのときには娘は病にかかっていて……」

「いけなかったのか」

「はい。でも、死に目には会えました。その後、世話をするひとがあって、おなみとふたりでここで暮らすようになりました」

万助は厳しい顔になって、

「青柳さま、お願いでございます」

と、畳《たたみ》に手をついて訴えた。

「何か」

「じつは、おなみはあとひと月後に祝言《しゅうげん》を挙げることになっています」

「なに、それはめでたい。相手は？」

「さる大店《おおだな》の若旦那に見初《みそ》められまして」

「うむ。おなみほどの器量《きりょう》ならさもありなん」

剣一郎は納得して言う。

「で、願いとは？」

「あっしのこと、あとひと月待っていただけませんか。おなみの祝言を無事に見届けたら、いかようにも」

「万五郎、いや万助。そなたは何か勘違いしているようだが、はっきり言っておく。わしは、万五郎に似た男を見かけたので、追いかけてきた。だが、そこにいたのは万助という男だった。万五郎ではない。それに、万五郎は十年前に炎に焼かれて死んだのだ。今さら、わしが万五郎に会ったと言っても、誰も信じまい」

「青柳さま……」

「万五郎に孫娘がいたなど誰も知らぬ。当時を知る同心にしても、孫娘と暮らしている万助という男が万五郎だとどうして考えよう。第一、奉行所の中で万五郎の顔をよく知る者はいないはずだ」

「このとおりです」

　万助は深々と頭を下げた。

「ただ、少々気になるのが、火事で万五郎として死んでいった男のことだ。十年も前のことだから、何を今さらということだが……」

「へえ。あっしも気になっておりました。でも、あっしには何も出来ませんでした」

「それは仕方ない」

　十年前に万五郎とされた男にも身内はいただろう。その死を知らないまま失踪《しっそう》したと思っているに違いない。今でも、どこかで生きていると考えているかもしれない。

「あまり長居をしても迷惑であろう」

「おなみは気を利《き》かせて出かけて行ったのです。もうそろそろ、戻って来ると思います。できたら、それまでお待ちいただければ……」

　万助は縋《すが》るように言う。

「見廻りの途中を抜け出して来たのでな。そうもいかぬのだ」

剣一郎も苦笑して言う。

「勝手を言って申し訳ありません」

万助は謝ってから、

「近いうちに、またお出《い》で願えませんか。青柳さまとお話をしていると、とても心が安らぐのです。罪深い自分の生き方を振り返るよすがにもなります」

「万助はいくつになる?」

「五十五です。いつお迎えが来るかもしれません」

「まだ老《ふ》け込む歳ではなかろう。おなみの祝言を見届けるだけではない。曾孫《ひ》まで抱けるかもしれないではないか」

「あっしのような者が欲をかいてはいけないんです。祝言を見届けるだけで十分でございます」

「そなたは十年前に生まれ変わったのだ」

「ありがとうございます。でも、青柳さま……」

万助は自嘲《じちょう》ぎみに、

「祝言を挙げたら、おなみは婚家に行ってしまい、あっしはひとりになります。おなみのいない暮らしに堪《た》えられるか、自信がありません。こんなことおなみが知るとよけいな心配をしてしまうので、口には出来ないのですが……」

「確かにそういうこともあろうが、おなみの仕合《しあ》わせを願えば寂しさも乗り越えられる。曾孫を抱くのだという気持ちを持っていればだいじょうぶだ」

「わかりました」

万助は微笑んだ。

「では、おなみによろしく伝えてくれ」

「はい」

剣一郎は万助の家を出た。

通りに出たとき、湯島天神のほうからおなみが歩いて来るのが目に入った。おなみも気づいて、小走りに近づいてきた。

「青柳さま。もうお帰りなのですか」

「うむ、また寄せてもらう」

「ほんとうに来てくださいまし」

「祝言を控えているそうだな」

「あら、じっちゃんがそんなことを……」

おなみは恥じらいながら、

「ひと月後なんです。でも」

と、表情を曇《くも》らせた。

「どうした、何か気がかりなことがあるのか」

「ええ」

「ひょっとして、万助がひとりぽっちになってしまうことか」

「はい。そのことを考えると胸が痛んで……」

「気にする必要はない」

「そうでしょうか」

「万助はそなたの仕合わせを願っているのだ。それを思えば、ひとりになることなどたいしたことではない」

「そうでしょうか」

「そうだ。だから、一番大切なことはそなたが仕合わせになることだ。そうすれば、ひとりぽっちになった寂しさなんてすぐ気にならなくなる。それに、万助には曾孫を抱くという楽しみが生まれるのだ」

「安心しました。青柳さま、ありがとうございました」

おなみは明るい笑顔で言った。

「では」

「ぜひ、またお出でくださいまし」

剣一郎は、おなみに見送られながら、池之端仲町の通りを去って行った。

万五郎が生きていた。このことが明らかになったら、奉行所だけでなく代官所においても大混乱となるだろう。

特に、太田宿の旅籠の火事で死者を取り違えた八州廻りの責任は大きい。剣一郎はこの事実を胸にしまっておこうと思った。

だが、それでほんとうにいいのかという心の声も聞こえていた。

三

翌日の昼過ぎ、平吉と春三は、神田佐久間町一丁目の甚兵衛店の長屋木戸をくぐった。

洗濯物を取り込んでいた女に、

「八卦堂さんの住まいはどちらですかえ」

と、平吉が声をかける。

「とば口の部屋ですよ。今、商売で出かけていますよ」

「いつもどこで?」

「何カ所かをまわっているみたいです。私が知っているのは明神下《みようじんした》ですよ」

「何カ所もあるなら、きょうは明神下にいるかどうかわからないな」

平吉は困惑して言う。

「でも、最近はそこが多いようですよ。神田明神の参拝客がよく通りますから」

「ところで、八卦堂はいつからここに?」

「半年前からです」

「最近だな」

春三が意外そうに言う。

「それまではどこに?」

「さあ」

「八卦堂を訪ねてくる者はいるか」

平吉がきく。

「ときたま。占《うらな》ってもらうために家まで来るひともいますよ」

「八卦堂はひとり暮らしか」

「そうです」

「いくつぐらいだ？」

「さあ」

女は首を傾《かし》げた。

「顎髭《あごひげ》のせいか、三十ぐらいにも四十ぐらいにも見えるので、よくわからないんです。兄さん方、なんでそんなことを聞くんです？」

「いやもういい。すまなかったな」

平吉は礼を言い、春三に目配《めくば》せして長屋を出た。

木戸を出たとき、平吉は辺《あた》りを見回した。影法師の仲間がどこかから見ているような気がしてならなかった。

だが、怪しい人影はなく、ふたりは明神下に向かった。


明神下にやって来ると、八卦堂と書かれた幟《のぼり》が目についた。顎髭の大道易者が神田明神の参道近くに座っていた。台の上には天眼鏡《てんがんきよう》や筮竹《ぜいちく》が置いてある。

商家の内儀《ないぎ》ふうの女が手相を観てもらっていた。しばらくして、その女が引き上げて行き、客はいなくなった。

「まず、占ってもらうか」

春三が言い、平吉もいっしょになって八卦堂の前に立った。

「観てもらいてえ」

春三が言う。

「人相、手相、災厄《さいやく》……。何を観ましょうか」

「なんでもいい。何を観てもらいてえか、当てられるか」

八卦堂は春三の顔を見て、

「おふたりの様子から博打で勝てるかどうか、というようなことではありますまい。尋ね人ですかな。ひと捜しではありませんか」

「うむ。近い」

春三は真顔になって、

「どんな相手かわかるか」

八卦堂は天眼鏡で春三の顔を見て、

「危険な相手では？」

「どうしてそう思う？」

「おまえさんには剣難《けんなん》の相が出ている」

「剣難か」

春三は口元を歪め、

「当たっている」

と、言ってから、

「どんな相手かわかるか」

と、もう一度きいた。

「いや。そこまでは……」

八卦堂は首を傾げた。

「おまえさん、自分の運命はわかるのか」

春三が調子に乗ってきく。

「八卦堂さん、おまえさんにも剣難の相が出ているよ」

「………」

「俺と同じ相手のようだ。何か心当たりはねえか」

平吉は大胆な春三に呆《あき》れた。

「どういうことですか」

八卦堂は不思議そうな顔をした。意外な質問だったからか、何か心当たりがあるのか、そこまではわからない。

「じつは、おまえさんを殺そうとしている者から、俺は狙われているらしいんだ。そいつの正体を知りたい」

春三はずばり言う。

「……………」

「あるんだな」

「妙なことをおっしゃいますな。わしは人さまから狙われる謂《いわ》れはないが」

「ほんとうに？」

「もちろん」

八卦堂はうろんげに答えた。

神田明神から出てきた若い男女が近づいてきた。

「おい」

平吉は注意する。

春三は頷いてから、

「夕七つ（午後四時）下がりに、太田姫《おおたひめ》稲荷で待っている。そこで、少し話がしたいんだ。いいな。待っている」

春三は一方的に言い、その場から離れた。新しい客とすれ違った。

「あいつ、厳しい顔をしていたな」

平吉は背後を振り返りながら言う。八卦堂は客の相手をしながら、目をこちらに向けているのがわかった。

「すぐには言葉が返ってこなかった。やはり心当たりがありそうだ」

春三は手応えを感じたように言う。

「牛松、清吉、権蔵を知っているかもきいたほうがよかったんじゃねえか」

平吉は不満を言う。

「だめだ。知っていたとしても正直に言うとは思えねえ。それよか、俺たちのことを牛松らに告げられたらあとがやりにくくなる」

「それもそうだな。だが、八卦堂を殺すときは、そのことを確かめたほうがいいな。やっ、待てよ」

平吉ははっとした。

「八卦堂は太田姫稲荷に仲間を引き連れてくるかもしれねえ。八卦堂だってこっちの正体を探りにかかるはずだ。仲間に知らせるために、八卦堂は商売を切り上げるんじゃねえか」

平吉は懸念《けねん》を口にした。

「そうだな。よし、八卦堂を見張っていたほうがいいな」

春三も不安になったようだ。

ふたりは『井筒屋《いづつや》』という菓子屋の脇の路地から、通りをはさんで斜交《はすか》いで商売をしている八卦堂を見張った。

見ていると、善男善女が何人か、八卦堂の前に立った。場所がいいので、商売にはなるようだ。

八卦堂に、鬢に白いものが目立つ年寄が声をかけた。占ってもらうつもりだろう。急に、春三があっと驚いたように声を上げた。

「どうしたんだ?」

平吉は驚いてきく。

「欣次だ」

少し離れたところに欣次が立ち止まっていて、年寄の様子を窺《うかが》っている。

「ちょっと行ってくる」

平吉は欣次のところにかけて行った。

「欣次」

後ろから声をかけると、欣次は飛び上がった。

「平吉か。驚かすねえ」

「なぜ、ここにいるんだ？」

「牛松のあとを尾けてきたんだ」

「あの年寄が牛松か。あの易者は八卦堂だ」

「そうか。やはり、八卦堂と牛松はつながっていたのか」

欣次が口元を歪めた。

「拙《まず》い。八卦堂は牛松に俺たちのことを話しているんじゃねえか」

しばらくして、牛松は八卦堂の前から引き上げた。

「仲間を引き連れて、太田姫稲荷にくるかもしれねえ。もし、人を集めていたら、すぐ知らせてくれ」

「わかった」

欣次は再び牛松のあとを尾けて行った。

平吉は春三の元に戻った。

「欣次は、ほんとうにだいじょうぶなのか」

春三が厳しい顔できいた。

「疑っているのか」

「おめえが仲間と言うから信じているが……。なにしろ俺たちがしたことをよく知っているんだ」

「欣次に八卦堂や牛松を殺さなきゃならない理由はない」

「おめえが知らないだけかもしれねえぜ」

「そんなはずねえ」

「そもそも、おめえと欣次はどうして知り合ったんだ?」

「俺が上州から江戸に出てきたばかりのとき、深川の盛《さか》り場で四人のならず者と喧嘩になった。その喧嘩相手の兄貴ぶんが欣次だった。他の三人をやっつけたあと、欣次と殴《なぐ》り合いになった。最後は欣次もへとへとになって、もう降参《こうさん》だと地べたに仰向《あおむ》けになった。それを介抱《かいほう》してやってからの縁《えん》だ。それからは、江戸に不案内の俺にいろいろよくしてくれたんだ。奴は信用できる」

平吉は力説した。

「いったい、影法師ってのは誰なんだ……」

春三は呟《つぶや》く。

平吉もまったく想像もつかなかった。

夕七つが過ぎ、八卦堂は台の上を片づけはじめた。そして、商売道具をまとめて松の樹の後ろに隠すように仕舞《しま》った。

八卦堂は辺りを見回した。平吉と春三ははっと身を隠した。八卦堂はこちらに気づかず、神田川のほうに歩きだした。

ふたりはあとを尾ける。足は達者《たっしゃ》のようで、すたすたと歩いていく。

八卦堂は昌平橋《しょうへいばし》を渡って、水道橋《すいどうばし》のほうに折れた。太田姫稲荷に向かうようだった。続いて、平吉と春三も昌平橋を渡った。

八卦堂は太田姫稲荷の鳥居の前に立った。ふたりはゆっくり近づいた。

八卦堂は迎えて、

「詳しい話を聞こう」

と、鋭《するど》い眼光で言う。大道易者の顔つきではなかった。

「ここじゃ、まずい」

平吉は稲荷の裏手の川っぷちに誘った。八卦堂は黙ってついてきた。

川っぷちに向かう途中の茂みで立ち止まって、平吉と春三は八卦堂に振り返った。

「俺たちもよくわからねえんだ」

　春三が切り出した。

「さっきも言ったように、俺たちはおまえさんを殺そうとしている者から狙われているらしい」

「どうして、そう思うのだ？」

「文をもらった」

「文？」

「八卦堂という大道易者と俺たちを斬るとな」

「嘘《うそ》だな」

「嘘だと？」

「そうだ。わしとおまえたちをいっしょにする理由がわからん。ありえぬ話よ」

「ほんとうに心当たりはないのか」

　平吉が口をはさんだ。

「あるわけない。それより、おまえさんたちの名は？」

「名乗るほどの者じゃねえ」

「なぜ、わしに近づいた？」

「だから文だ」

「なぜ、その文とやらを信じたんだ？」

「………」

「言えないわけでもあるのか」

「牛松って男とはどういう間柄だ？」

今度は春三が口を開いた。

「牛松？」

八卦堂の顔色が変わった。

「さっきもおまえさんのところに行ったな」

「なぜ、牛松を知ってる？」

八卦堂がきき返す。

「それはこっちの台詞《せりふ》だ。どんなつながりなんだ？」

「ただの客だよ。牛松はときたま手相を観てもらいにくる」

「そんなはずねえ。それだけの間柄とは思えねえ」

平吉が八卦堂に迫る。

陽が陰《かげ》ってきて、辺りは薄暗くなってきた。

「押し問答している暇《ひま》はねえんだ。もう一度きく。牛松とはどういう間柄だ」

「おまえたちこそ、正直に言え。おまえたちが肝心なことを言わなければ、こっちだって話さん」

八卦堂は鋭く言う。

平吉と春三は顔を見合わせた。春三が頷き、ゆっくり懐に手を入れて、八卦堂の背後にまわった。

「よし、はっきり言おう」

平吉が八卦堂を正面から見据え、

「八卦堂と牛松を殺せと、文に書いてあったんだ」

「なに？」

八卦堂は目を見開いた。

「どうだ、心当たりあるだろう」

「知らぬ」

そう言い、八卦堂は平吉の脇をすり抜けようとした。

「待て。誰に狙われているのか言え」

「そんな者、いない」

春三は匕首《あいくち》を握《にぎ》って、八卦堂の背後に迫った。

「そうかえ。じゃあ、仕方ねえ」

平吉がそう言ったとき、春三は匕首を八卦堂の脇腹目掛けて突き刺した。が、八卦堂は身を翻《ひるがえ》して避けた。

平吉も匕首を取りだし、八卦堂に飛び掛かった。だが、八卦堂は匕首を避けながら、平吉の腕に手刀を加えた。

激痛が走り、平吉は匕首を落とした。そのとき、春三が背後から八卦堂に飛び掛かり、胴に両腕をまわして抱き締めた。八卦堂は春三を振り回して、腕を外そうとした。

平吉は匕首を拾《ひろ》い、左手に構えた。

「春三。手を離せ」

平吉が叫ぶと、春三は八卦堂に振り飛ばされた。その隙を狙って、平吉は匕首を腰だめにし、八卦堂へ突進した。

鈍《にぶ》い手応えがあり、八卦堂が呻《うめ》きながら平吉の首を掴んだ。匕首の刃は八卦堂の脾腹《ひばら》に深く突き刺さっていた。平吉は離れようとしたが、八卦堂に掴まれ、身動き出来なかった。そのとき、春三が匕首を逆手《さかて》に握って八卦堂に背後から躍《おど》りかかった。

春三の匕首は八卦堂の背に突き刺さった。八卦堂の腕の力が弱まり、平吉は突き飛ばして逃れた。

八卦堂は草むらに仰向けに倒れた。春三が、八卦堂の心ノ臓目掛けて匕首を振り下ろした。八卦堂は激しく痙攣《けいれん》し、やがておとなしくなった。

「行こう」

春三が息を弾《はず》ませて言う。

「よし」

その場を逃げ出し、途中、川に下り、返り血を洗い流して本所に向かった。

南割下水の井関一馬の屋敷に帰り着いた。

久米卓之進が来ていて、欣次も帰っていた。

「殺ったのか」

ふたりの様子を見て、卓之進がきいた。

「やりました」

春三が答えた。

「八卦堂はただの易者じゃありませんぜ」

平吉は、まだ心ノ臓がざわついていた。

「あれは侍かもしれねえ。ふたりじゃなかったら、逆に殺られていた」

春三が顔を歪めた。

「何かわかったか」

「いえ、何も答えませんでした。でも、わざわざ呼び出しに応じたんですから、何かあることは間違いありません」

平吉が答える。

「まあ、ともかくごくろうだ」

そう言い、一馬はふたりに酒を勧《すす》めた。

「すいやせん」

平吉は頭を下げてから、

「牛松のほうはどうだった？」

と、欣次にきいた。

「あのまま、岩本町の長屋に帰った。夕方になって、ときたま木戸の外に出てきていた。もしかして、八卦堂を待っていたのかもしれない」

「八卦堂を？」

「昼間、明神下まで行ったのは八卦堂に言伝《ことづて》するためだ。何の話かはわからねえが……」

「今度は牛松だ」

一馬が平吉たちを見た。

「八卦堂が殺されたことで、牛松は用心するかもしれぬ。他の者に知られぬように早く始末したほうがいい」

「では、明日の夜にでも」

春三が鋭い顔で頷く。

「欣次は出来るか」

一馬がきく。

「出来ます」

欣次は強張《こわば》った声で言う。

「よし。平吉、欣次といっしょに殺れ」

「へい」

「あっしも行きますよ」

春三は真顔になって、

「年寄だからって油断出来ねえ。八卦堂の例だってある」

「よし、三人で万全を尽くせ」

一馬が言う。

「牛松をやれば、あと三人か」

春三が呟く。

「それまでに必ず影法師の正体を暴《あば》いてやる」

一馬が忌《い》ま忌ましげに言った。

「旦那。ちょっと出かけてきたいのですが」

春三が立ち上がった。

「女か」

一馬が口元を歪める。

「へえ、どうもひとを殺ったあとは……」

春三は出かけて行った。

「平吉はいいのか」

一馬が冷笑を浮かべて言う。

「へえ、あっしは」

「平吉」

卓之進が声をかけた。

「春三のあとを尾けろ」

えっと、平吉は思わず声を上げた。

「卓之進さま。まさか、春三を……」

「疑っているわけじゃない。影法師は我らを見張っている。それを探るためだ。八卦堂の仲間の仕返しも考えられなくはないのでな」

卓之進はそう言ったが、春三を疑っているに違いない。このままではお互いに疑心暗鬼《ぎしんあんき》になってとんでもないことになってしまうと、平吉は思った。

四

翌日の朝、八丁堀《はっちょうぼり》の剣一郎の屋敷に太助《たすけ》が駆け込んできた。

髪結いが来ていたので、太助は庭で待った。二十五歳で、すっきりした顔をしている。猫の蚤取《のみと》りや迷い猫を捜す仕事をしている。

ふた親が早死にし、十歳のときからしじみ売りをしながらひとりで生きてきた男だ。じつは剣一郎はその頃の太助と会っていた。

神田川《かんだがわ》の辺《ほとり》で、しょぼんと川を見つめているしじみ売りの子どもに声をかけたことがあった。

寂しくなって、ときたまこうやってふた親を思いだしているのだと言った。そのとき、剣一郎は太助を励《はげ》ますように言った。

「おまえの親御はあの世からおまえを見守っている。勇気を持って生きれば、必ず道は拓《ひら》ける」

太助はそれ以来、青痣与力に憧《あこが》れていたといい、今は剣一郎にとってなくてはならない相棒になっていた。

世間話をしながら仕事を終えた髪結いが引き上げると、剣一郎は庭の草花を見ている太助に声をかけた。

「太助」

「へい」

すぐ返事があって、太助が庭先まで飛んできた。少し顔が火照《ほて》っていた。熱でもあるのかと心配して、

「どうした、顔が赤いぞ」

剣一郎が言うと、太助は手を自分の顔に当てたが、すぐに離して、

「青柳さま。そうじゃないんです」

太助は熱っぽいわけではないと言い、

「じつは昨夜……」

と、そこまで言って言葉を呑みこんだ。

「昨夜、どうしたんだ？」

「へえ。昨夜、駿河台《するがだい》のお屋敷の奥方さまから、飼っていた猫が逃げ出したので捜して欲しいと頼まれたんです」

「ほう、旗本《はたもと》からも猫捜しの依頼があるのか」

剣一郎は感心してきく。

「へえ、出入りの商人からあっしの話を聞いたそうで」

「それは結構なことだ」

「それが結構じゃなかったんです」

「どういうことだ？」

「へえ、猫の足取りを追って行った太田姫稲荷の裏の植込みで、男が死んでいるのを見つけてしまったんです」

「男が死んでいた？」

「それが、殺されていたんです。匕首で何カ所か刺されていました」

「そうか。死体を発見してしまったのか」

「ええ。おかげで自身番に知らせたり、岡《おか》っ引《ぴ》きからあれこれきかれたりして、それから植村《うえむら》さまがお見えになって、ようやく解き放たれたのは五つ半（午後九時）ごろでした」

植村とは定町廻り同心の植村京之進《きようのしん》のことだ。京之進もまた剣一郎に憧憬《どうけい》と尊敬の念を抱いている男だった。

「それはごくろうだったな。では、猫は見つけられなかったのか」

剣一郎は太助をなぐさめた。

「へえ。せっかく居場所を突き止め、あと一歩だったんですが」

太助は悔しそうに言い、

「これから改めて猫捜しです」

と、気合を入れて言う。

「まあ、止《や》むを得ぬ事情があったのだ。仕方ない」

「へい」

「ホトケの身元はわかったのか」

「明神下で商売をしていた八卦堂という易者でした。あっしも明神下を通り掛かったとき、何度か見かけたことがあります」

「易者がなぜ、太田姫稲荷に……」

剣一郎は不審に思ったが、同心の京之進が探索を進めるだろう。

太助が引き上げてから、剣一郎は出仕《しゅっし》の支度《したく》をした。


南町奉行所に出仕して、剣一郎はすぐに年番方《ねんばんかた》与力の宇野清左衛門《うのせいざえもん》のところに行った。

「宇野さま。少々よろしいでしょうか」

「何か」

清左衛門は厳《いか》めしい顔を向けた。

年番方与力として金銭面も含め、奉行所全般を取り仕切っている清左衛門は奉行所一番の実力者であり、お奉行とて一目《いちもく》置く存在であった。

「宇野さまはかまいたちの万五郎を覚えていらっしゃいますか」

剣一郎は切り出した。

「かまいたちの万五郎とな。もちろん、覚えている。なかなか手掛かりが摑めぬので、青柳どのに探索の手伝いをしてもらったのだったな。たしか、ほどなく隠れ家を見つけることが出来た」

「ですが、隠れ家を急襲したとき、頭の万五郎はいませんでした」

「うむ、そうだったの」

「それからひと月後、日光例幣使街道太田宿の旅籠で火事があり、その焼け跡から発見された焼死体が万五郎だということがわかりました」

「うむ。すでに万五郎の命運《めいうん》は尽きていたのだ」

清左衛門は言ってから、

「そのことが何か」

と、訝《いぶか》ってきいた。

万五郎が生きているなどとは言えない。万五郎は万助という男に生まれ変わっている。かまいたちの万五郎は死んだのだ。

剣一郎は自分にそう言い聞かせているが、万五郎が生きていたことを頰被《かむ》りする負い目を和《やわ》らげるためにも、万五郎として死んでいった男のことを探ってやりたいと考えたのだ。

「万五郎の死から十年。改めて、太田宿の旅籠での火事について詳しく知り、万五郎の冥福《めいふく》を祈ってやりたくなったのです」

「今になってか」

清左衛門は信じられないという表情をした。

「じつは、数日前、万五郎が夢に出てきました。おそらく、万五郎の死をこの目で確かめていないので、ずっと気持ちが落ち着かずにきたのだと思います。この機会に、万五郎が死んだ現場に立ち会った八州廻りの御代官手付どのから改めて当時の詳しい話を聞いてみたいのです。そして、私なりに万五郎への区切りをつけたいと思っています」

清左衛門が納得するかどうかは考えず、剣一郎は強引に話を先に進めた。

「当時の御代官手付は早見藤太郎《はやみふじたろう》どのでございました。早見どのが今も御代官手付を続けておられるとは思いませんが、今どこにおられるか、郡代《ぐんだい》屋敷にお問い合わせいただけないでしょうか」

「それは造作もないが……」

やはり、清左衛門は今になって万五郎のことを調べようとする剣一郎の気持ちが理解できないようだった。

「青柳どの、ほんとうは何かあったのではござらんか」

「何かとは？」

「覚えておられよう。隠れ家を急襲したとき、万五郎の他にもうひとり逃げた手下がいたのではないかという話があった」

「ええ。捕らえた手下の一人がもうひとり仲間がいると言っていたのですね。でも、他の手下はそんな者はいないと」

「そうだ。我らも、一味の全員の名を摑んでいたわけではないので、もうひとりいたかどうかはわからなかった。ただ、主《おも》だった手下は全員捕らえ、仮に逃げた男がいたとしても下っ端《ぱ》だろうからたいした問題ではないと考えたのだ」

「そうでした」

「ひょっとして、その男が今、盗みをはじめたのではないかという疑いを持ったとか」

　清左衛門は剣一郎を問い詰めるようにきく。

「仮に逃げた手下がいても、我らは顔も名前も知りません。かまいたちの名を使っていれば別ですが、仮に最近起こっている押込みの中心に万五郎の手下がいたとしても、我らは別物として考えるしかありません」

清左衛門に言われて思い出したが、確かにもうひとり手下がいたという話もあった。だが、確認がとれないまま、そのことは忘れていたのだ。

ほんとうにもうひとりいたのか。もしいたのなら、当時下っ端でも十年経って、それなりの貫禄《かんろく》を身につけているかもしれない。

かまいたち一味の中心にいた者三人は死罪。他の者は永《なが》の遠島《えんとう》だ。手下に確かめることは無理だった。

「わかった。早見どののことは郡代屋敷に問い合わせておこう。おそらく、今は小普請組に戻っているだろうからな」

御代官手付は小普請組の御家人から任命され、お役が解かれれば元の小普請組に戻るのだ。清左衛門が言うように、小普請組に戻っているのであろう。

「面倒なお願いをいたし、申し訳ございません」

「なあに、青柳どのの頼みだ」

剣一郎は清左衛門の前から下がった。

夕方七つ（午後四時）に奉行所を退出し、槍《やり》持ち、挟箱《はさみばこ》持ちなどを従え、八丁堀の屋敷に帰った。

が、剣一郎は裃《かみしも》をとり、袴《はかま》を脱いで、群青《ぐんじょう》色の着流しという姿になると、編笠《あみがさ》をかぶって単身で屋敷を出た。

池之端仲町の万助の家にやってきたときは、すでに辺《あた》りはだいぶ暗くなっていた。

編笠をとって、剣一郎は格子戸《こうしど》を開けて声をかける。部屋の中は静かだった。しばらくして畳を擦《す》る足音が聞こえてきた。

「青柳さま」

万助が笑みを浮かべて現われた。

「またすまない。ちょっとききたいことがあってな」

「どうぞ、お上がりください」

「おなみは？」

「出かけております」

「そうか。すぐ済むのでここでいい」

「はい」

「十年前の隠れ家の件だ。捕り方が踏みこんでその場にいた全員を捕らえたが、そなた以外に誰か逃げた者がいたかどうかわかるか」

「いえ、手下は全員捕まったはずです」

万助は声を落として言う。

「そうか。取り調べで、ある者がもうひとり逃げたと漏らしたが、その者の勘違いか」

「いえ、知りません」

万助は首を横に振ってから、

「青柳さま。何かあったのですか？」

「いや、そうではない。そなたと会って十年前のことが蘇《よみがえ》った。それで、当時の疑問を確かめただけだ。気にしないでいい」

「さいですか」

万助は頷いてから、

「もし、あっしのことで青柳さまにご負担をおかけしているのであれば、あっしは覚悟が出来ております。おなみの祝言が無事に済めば、あっしはいつでも」

「昨日も話したが、かまいたちの万五郎は十年前に死んだのだ。仮に、そなたが万五郎だと名乗り出ても、本物であるという証《あかし》はあるまい。逆に言えば、もうそなたが万五郎だと名乗っても、誰も信じてくれないということだ」

「へえ」

「それに、祝言が済んだあと、祖父がかまいたちの万五郎だとわかったら、おなみはどうなる？　婚家で、肩身の狭い思いをするのではないか」

「そうでした」

万助は俯《うつむ》いた。

「おなみの仕合わせのために、そなたは万助でなければならない。では、邪魔をした」

剣一郎は万助の家を辞去《じきょ》した。

剣一郎は編笠をかぶって、すっかり暗くなった御成道《おなりみち》を筋違橋《すじかいばし》に向かった。

神田川に出て、筋違橋を渡る。

渡り切ったとき、土手の暗がりに黒い影を見た。三人の遊び人ふうの男たちだった。一人が剣一郎に気づくや、こちらを避けるかのように土手を和泉橋《いずみばし》のほうに向かった。

太田姫稲荷の脇で、大道易者が殺された件を思いだした、匕首で刺されていたのだ。

何か違和感を覚えて、剣一郎は三人のあとを追った。三人は足早になり、そしていきなり駆け出した。暗闇に紛れて消えた。

剣一郎は諦《あきら》めた。気になりながら、八丁堀に戻った。

五

柳原《やなぎわら》の土手下にある古着の床見世《とこみせ》の陰で、平吉は足を止めた。欣次も春三も立ち止まった。

「あの編笠の侍は、なぜ俺らのあとをついてきたんだ」

平吉は不審に思った。

「逃げたから追ってきたんだ」

春三が顔をしかめる。

「あの侍、何者なんだ？」

欣次が脅えたように言う。

「まさか、影法師……」

「それだったら、追いかけてはこねえ」

春三が言う。

昨夜、卓之進に言われ、春三のあとを尾けた。

春三は亀戸《かめいど》天神の横にあるいかがわしい店に入って行った。一刻（二時間）あまり後にすっきりした顔で出てきた。

春三が裏切っているという証はない。いや、欣次だって、裏切るはずはない。すると、残るは一馬と卓之進だが、ふたりがそんな真似《まね》をする理由もない。あとは妾だ。欣次は騙されているのか。

「まさか」

春三がいきなり声を上げた。

「なんだ？」

平吉は驚いてきく。

「編笠の侍。八卦堂や牛松の仲間じゃ……」

「…………」

平吉もはっとした。

「八卦堂から俺たちのことが牛松に伝わり、牛松から他の仲間にも伝わったんだ。八卦堂が殺されたことで、よけいに警戒を強めているんじゃないか」

「そうかも知れねえ」

平吉は憤然と言う。

春三がべらべらと八卦堂に喋ってしまうからいけないんだ。平吉はそのことで文句を言ってやりたかったが、仲間割れをしている場合ではないと自分に言い聞かせた。

「ともかく、もう一度、牛松の長屋に行ってみよう」

欣次は言う。

さっき長屋を訪れたとき、牛松は出かけていた。一膳飯屋《いちぜんめしや》で夕餉《ゆうげ》をとっているのではないかと、長屋のかみさんが言っていたが、そうだとしたら、もう帰っているころだ。

三人で岩本町の長屋に行く。

木戸の近くに来て、欣次がひとりで様子を見に行った。

ふたりは大戸の閉まった商家の脇で待った。

欣次が戻ってきた。

「いねえ」

「なんだと」

平吉は唖然《あぜん》とした。

「逃げられたんだ」

「ちくしょう」

春三が吐き捨てる。

「まさか」

平吉は辺りを見回した。

「どうした？」

春三が不安そうにきいた。

「誰かに見られているような気がした」

「なに？」

「ともかく、ここにいたんじゃ危ない。行こう」

三人はその場から離れた。

柳原通りに出て、両国橋《りょうごくばし》に差しかかったとき、

「待て」

と、平吉は足を止めた。

「どうした？」

「尾けられているといけねえ」

「尾けられる?」

春三ははっとしたように振り返る。

「牛松の仲間があとを尾けているかもしれねえ。橋を渡ったら、竪川《たてかわ》のほうに向かうんだ。俺は途中で隠れて、ふたりのあとを尾ける奴がいないか確かめる」

「わかった」

春三と欣次が応じる。

「じゃあ、行こう」

再び歩きだし、両国橋を渡る。

橋の途中で振り返ると、職人ふうの男や荷を背負った男が橋を渡ってくる。不審なひと影はなかった。

橋を渡り切り、そのまま回向院《えこういん》のほうに向かい、参道の手前を右に折れた。平吉は大戸の閉まった商家の脇の路地に滑り込む。

ふたりはそのまま竪川に向かう。平吉は来た道を見張る。だが、怪しい者はやってこなかった。

四半刻《しはんとき》（三十分）あまり後に、平吉は南割下水の屋敷に戻った。ここに来るまでも十分に注意したので尾けられている恐れはなかった。

門を入り、玄関に向かおうとして、

「平吉」

と、春三に呼び止められた。

「どうしたんだ？」

「今はだめだ」

「だめ？　女か」

「そうだ。女を連れ込んで酒盛りをしている」

卓之進もいっしょらしい。

「ちっ、いい気なもんだ。俺たちだけに汗をかかせ、自分たちは女といちゃつきやがって」

平吉は吐き捨てる。

「まあ、怒るな」

春三はなぐさめる。

門の横の中間部屋に行くと、欣次が待っていた。

「だいじょうぶだったかえ」

「ああ、尾けられている心配はない。だが」

平吉は表情を曇《くも》らせ、

「牛松の仲間は俺たちを見ていたに違いねえ」

「じゃあ、俺たちの顔は……」

欣次が眉根を寄せた。

「覚えられたと思ったほうがいい」

「ちくしょう」

欣次が顔を歪めた。

平吉は無性《むしょう》に腹が立ってきた。これも、春三が八卦堂によけいなことをべらべら喋ったからだ。

「春三。今さら言いたかねえが、おめえが八卦堂によけいなことを話したのがいけなかったんだ。おめえが話したことが八卦堂から牛松に伝わり、他の仲間にも伝わってしまったんだ」

「影法師の正体を探るためにしたんじゃねえか。それに、牛松が明神下にやって来たのが予想外だったんだ」

春三は言い訳をし、

「それに、そのおかげで、敵がただ者ではないことがわかってきたじゃねえか。八卦堂と牛松だけじゃねえ。あとの小間物屋の清吉。『深酔』の亭主権蔵。剣術道場師範代の松永左馬之助も、皆仲間だってことがはっきりしたじゃねえか」

と、開き直ったように言う。

「そんなこと、言い合っても仕方ねえ」

欣次が取りなす。

「おう、欣次」

春三が欣次に顔を向けた。

「なんでえ、その顔は？」

欣次も顔色を変えた。

「おめえは影法師の仲間じゃねえのか」

「何を言うんだ」

欣次が憤然と言う。

「おめえがお喋っていう妾とつるんで、すべて企んだことじゃねえのか」

「ばかいえ。俺は八卦堂や牛松らとは何ら関わりはねえ」

「そうだ。欣次を疑うのは間違いだ」

平吉が口をはさむ。

「平吉、おめえはどうなんだ？」

春三が平吉に狙いを変えた。

「俺を疑っているのか」

「そうだ。おめえが欣次から聞いて持ち込んだ話だ。おめえに何らかの魂胆《こんたん》があってのことだったとも考えられる」

「俺だって八卦堂や牛松らとは何ら関わりはねえ。こんな手の込んだことをする必要はねえ」

平吉は顔をしかめて不快そうに言う。

「おめえを疑っているのは俺じゃねえ」

「なに？」

「卓之進さまだ」

「卓之進さまが俺を？」

平吉は不思議そうにきく。

「そうだ。平吉に気をつけていろ、と俺に言ったんだ」

平吉は思わず苦笑した。

「何がおかしい」

「卓之進さまがそう言ったのか」

「そうだ」

「おめえ、昨日の夜、亀戸天神の横にある店に行ったな」

「なんで知っているんだ？」

春三はうろたえ、

「おめえ、俺のあとを尾けたな」

と、顔色を変えた。

「ああ」

「なぜ、そんな真似をした？」

春三が語気を荒らげた。

「卓之進さまに言われたんだ」

「卓之進さまに？」

「そうだ。卓之進さまはおめえも疑っていた」

「…………」

「わかったか。ようするに卓之進さまは、俺たち三人を信用してねえってことだ」

平吉は口元を歪めて言う。

「ふざけやがって」

春三は顔を紅潮《こうちょう》させ、

「旦那はどうなんだ?」

「わからねえ。ふたりでこそこそ話しているのだから、卓之進さまの考えもきいているはずだ。それなのに、何も言わないのは少しは疑っているんだろうぜ」

「………」

春三は口をわななかせただけで声にならない。

「卓之進さまはどうなんだ?」

欣次が口を入れた。

「どうとは?」

「俺たち三人を必要以上に疑うのは、自分の疚《やま》しいところを隠すためかもしれねえ。影法師は卓之進さまなんじゃねえのか」

「考えられる」

春三はすぐにその考えに乗った。

「うちの旦那の目をそらすために、俺たちに疑いを向けさせているのだ」

「落ち着けよ」

平吉は声をかけた。

「俺たち三人に、八卦堂や牛松らとの関わりがないように、卓之進さまだって同じよ」

「いや、俺たちの知らない何かがあるのかもしれねえ」

春三は厳しい顔になった。

「よし」

春三は立ち上がった。

「どうしたんだ？」

「少し脅してくる」

「脅す？」

平吉は驚いて、

「なにするんだ？」

と、きいた。

「心配するな。今日の始末を報告するだけだ」

そう言い、春三は中間部屋を出た。

平吉と欣次もついて行く。

玄関から上がり、一馬と卓之進が騒いでいる部屋にまっすぐ行く。

「なんだ、騒々《そうぞう》しい」

うりざね顔の女の細い肩を抱きながら酒を呑んでいた一馬が、敷居の前に立った三人を睨みつけた。

「おまえたち、話はあとだ」

膝《ひざ》にぽっちゃりした女を乗せて、卓之進はこっちを睨んだ。

「すみません。失敗しました」

「失敗した？」

「へえ。引き上げるとき、反対にあとを尾けられました。この屋敷まで尾けられていないとは思いますが」

春三はわざと不安を煽《あお》るように言う。

卓之進の顔色が変わった。

「どけ」

卓之進は女を乱暴に突き放した。

あっと悲鳴を上げ、女は畳に手をついた。

「あっちへ行っていろ」

一馬も女を突き放した。

女たちが部屋を出て行ってから、

「たかが年寄ひとりに手を焼いたのか」

と、卓之進が眦《まなじり》をつり上げた。

「ただの年寄じゃありませんぜ」

「詳しく話せ」

一馬は促す。

「へえ。最初、夕方に行ったとき、牛松は長屋にいませんでした。帰った頃を見計らって、暗くなってからもう一度訪ねたんですが、やはり帰ってません。そのとき、誰かに見られている気配がし、危険を感じたので急いでそこから引き上げました。ところが、奴らはあっしらのあとを尾けてきたんです」

実際には、相手を見たわけではないが、春三はそれが事実であるかのように話した。

「ここを知られたと言うのか」

卓之進はうろたえる。

「いえ、ここまでは尾けられていません。ただ、この界隈《かいわい》に住んでいることは気づかれたかもしれません」

春三はいけしゃあしゃあと言う。

「どうもあっしらだけじゃ歯が立ちません」

「情けない奴らだ」

卓之進は露骨《ろこつ》に顔を歪めて、

「で、牛松はどこに行ったのかわからないのか」

「たぶん、小間物屋の清吉か『深酔』の亭主権蔵のところか。明日もう一度長屋に行ってみますが、帰ってこないんじゃねえでしょうか」

「ひょっとして――」

平吉も春三に倣《なら》って、

「牛松の部屋に仲間が入り込んで、あっしらを待ち構《かま》えているかもしれません」

と、不安を煽った。

「じゃあ、どうするんだ？　あと四人殺らないと、俺たちは……」

一馬がいらだって言う。

「小間物屋の清吉か『深酔』の亭主権蔵を先に殺ります。うまくいけば、牛松もいっしょに殺れるかもしれません。ただし、もうあっしらだけでは手に負えません」

平吉は苦しそうに言う。

「よし。明日は俺が行こう」

卓之進の目が鈍《にぶ》く光った。

そのとき、玄関で物音がした。何か投げ込まれたようだ。

はっとして、平吉は玄関に飛んで行った。しかし、誰もいない。式台に小石を包んだ紙切れが落ちていた。

投げ文だ。拾って開く。あと四人と記されていた。

平吉はそれを持って玄関を飛び出し、門を出た。どこにもひと影はなかった。

部屋に戻った。

「これが」

平吉は一馬と卓之進に見せた。

卓之進がひったくった。

「あと四人……」

早く殺れという催促《さいそく》だと思った。

「明日はあっしひとりで、小間物屋の清吉の様子を窺ってきます。ことを急《せ》いては仕損じます。まずは清吉です」

牛松たちの正体もわからぬまま、影法師の命令に従わなければならないことに、平吉は怒りと焦りを覚えていた。

第二章　影の正体《しょうたい》

一

翌日、出仕《しゅっし》した剣一郎はすぐに宇野清左衛門に呼ばれた。御代官手付《おだいかんてつき》の早見藤太郎の件ではないだろう。きのうのきょうでは早すぎる。

年番方《ねんばんかた》の部屋に行き、すでに文机《ふづくえ》に向かっていた清左衛門に声をかける。

「お呼びでございましょうか」

「うむ。また、長谷川《はせがわ》どのがお呼びだ」

と、顔をしかめた。

最近は内与力《うちよりき》の長谷川四郎兵衛《しろべえ》から用命《ようめい》を受けることが多い。また、なにやら頼まれるのかと思いながら、清左衛門といっしょに内与力の用部屋の隣にある部屋に向かった。

清左衛門にも長谷川四郎兵衛の用向きはわからないようだ。おそらく、お奉《ぶ》行《ぎょう》がご老中《ろうじゅう》から何かを頼まれたのだろう。

部屋に入って待っていると、四郎兵衛が入ってきた。

剣一郎は低頭して迎える。四郎兵衛は目の前に腰を下ろした。

内与力の長谷川四郎兵衛はもともと奉行所の与力ではなく、お奉行が赴任と同時に連れて来た自分の家臣である。お奉行の威光《いこう》を笠《かさ》に着て、態度も大きい。このとに、剣一郎を目の敵《かたき》にしていた。

だが、何かあれば、剣一郎を頼ってくる。

「きのう、お奉行がご老中から相談を受けたとのこと」

四郎兵衛がいきなり切り出した。

「ひと月前の六月十日、作事《さくじ》奉行の大島玄蕃《おおしまげんば》さまが急の病にてお亡くなりになった」

作事奉行が急死したことは聞いていた。

「そのことで妙な噂《うわさ》が消えないらしい」

「妙な噂？」

清左衛門が身を乗り出した。

「大島さまは病死ではないという。なんらかの事情によって亡くなったのを病死として届けることはままある。大島さまの亡骸《なきがら》は外から屋敷に運ばれたらしい」

「よそで亡くなったのを、自分の屋敷で亡くなったことにしただけだとは？」

清左衛門はきく。

「問題は亡くなった場所と死因だ」

四郎兵衛は困惑《こんわく》しながら、

「六月十日の夜、大島さまの乗物を橋場で見かけたという者がいたらしい。他家の者だ。そして、これは大島さまの屋敷の女中から漏《も》れたようだが、大島さまの衣服は血だらけで、刃物で切り裂《さ》かれたような跡《あと》があったということだ」

「斬《き》られたということですか」

「そうだ」

四郎兵衛は難しい顔で頷《うなず》き、

「ご老中はいまだにこのような話が噂されていることを憂慮《ゆうりょ》され、ひそかに探索《たんさく》してくれないかとお奉行に相談されたのだ」

「しかし、旗本《はたもと》のお調べならお目付《めつけ》どのの……」

「いや、ご老中は橋場で乗物が目撃されていることから、どこぞの商家の寮などに招かれたのではないかと見ているようだ。というのも」

四郎兵衛は声をひそめ、

「大島さまは複数の材木問屋の主人と親《した》しかったそうだ。その材木問屋の寮でなにかが起きたのではないかと」

「なにかとは?」

「たとえば、付届けをしたのに何もしてくれなかったと、材木問屋の主人が大島さまを恨《うら》んでいたとか……。大島さまは幾つもの材木問屋から付届けをもらっているのだ。恩恵《おんけい》を受けられなかった材木問屋の主人が恨みを抱いたというのはありえない話ではない」

四郎兵衛は剣一郎に顔を向け、

「そなたには、材木問屋の筋から大島さまの亡くなった原因を調べてもらいたいのだ。ただし、これは極秘だ。作事奉行の死に不審があるなどと世間に知られてはならない」

「長谷川どの、ずいぶん無理な注文でござるな」

清左衛門が口をはさんだ。

「ひと月以上前の、単なる噂程度のことを、内容を知られないように調べよとは少し無茶ではござらぬか。ここはやはり、お目付どのが大島さまの屋敷を調べるべきではありますまいか」

「それが出来ぬから青柳どのにお願いするのだ。この調べでは大島さまの屋敷に関わる者に近づくことはならぬ。決して、そのことを調べていると知られてはならぬとのご老中の仰《おお》せ」

「いくら青柳どのでも、制約が多すぎる」

清左衛門が呆《あき》れたように言う。

「青柳どのなら出来る、お奉行のお言葉だ。いかがだ、青柳どの」

「お引き受けせざるを得ません」

確かに困難な調べになりそうだが、そのような噂が立つにはそれなりの理由がありそうだ。

「では、頼んだ」

四郎兵衛は立ち上がった。

「ほんとうにあの御仁《ごじん》は勝手だ。どうも、青柳どのに難題を押しつけ、白旗を揚げるのを望んでいるように思えてならぬ。お奉行が青柳どのを頼りにしていることも面白くないのであろう」

「宇野さま。作事奉行の件、私も気になりますゆえ、心して調べてみます」

「すまぬの」

清左衛門は頭を下げる。

どうやら、かまいたちの万五郎として死んだ男の調べは先延ばしになりそうだと、剣一郎はため息をついた。

その日の昼過ぎ、剣一郎は編笠《あみがさ》に着流しの姿になって橋場に向かった。

対岸の向島《むこうじま》側とは橋場の渡しでつながっている。今戸《いまど》から橋場にかけての大《おお》川《かわ》は都鳥《みやこどり》の名所でもある。

大川に浮かぶ帆《ほ》掛《か》け舟の周りに都鳥が舞い、橋場の渡しの対岸は水神《すいじん》の杜《もり》に関《せき》屋《や》の里、そして彼方《かなた》に筑波山《つくばさん》が望める。春の桜や秋の月だけでなく、冬の雪見の名所でもある。

風光明媚《ふうこうめいび》なので商家の寮や妾宅《しょうたく》の多い場所だ。材木問屋は深川の木場《きば》に集《つど》っているが、舟を使えば行き来はそれほど苦にならないだろう。

剣一郎は橋場の自身番《じしんばん》に寄った。

編笠を外して顔を出すと、詰めていた家主《いえぬし》や番人たちが急に畏《かしこ》まった。

「青柳さま」

家主が会釈《えしやく》をする。

「この姿でわかるように役儀ではない。この先にひとを訪ねたのだが、留守《るす》でな。それで、ちょっと寄ってみたのだ。気にしないでいい」

「さいでございますか。お茶でもいれましょう」

「すまぬな」

「どうぞ、お座りください」

「うむ」

腰から刀を外し、上がり框《かまち》に腰を下ろした。

「どうぞ」

番人の男が茶を差し出した。

「すまない」

剣一郎は湯呑みを摑《つか》み、一口啜《すす》ってから、

「今、歩いてみたが、この界隈《かいわい》はやはり商家の寮も多いな」

と、さりげなく切り出す。

「さようでございます。やはり、江戸の真ん中にある大店《おおだな》は、このような場所に心がいやされるのでございましょう」

「そうであろうな。ここなら橋場の渡しもあり、船で来られるから深川のほうの大店でも不便ではないな。深川のほうの大店といえば材木問屋だが、材木問屋の寮は多いのか」

「この辺《あた》りで、材木問屋の寮といえば、『遠州屋《えんしゆうや》』さんの寮が立派《りつぱ》ですね。総檜造《ひのき》りですからね」

「他の材木問屋の寮もやはり立派なのか」

「どうだろうね、あと材木問屋の寮といえば」

家主は他の者にきいた。

「『信濃屋《しなのや》』さんです」

「そうそう、『信濃屋』さんだ」

家主は剣一郎に顔を向け、

「材木問屋の寮は『遠州屋』さんと『信濃屋』さんの二軒だけです。『信濃屋』さんの寮の見た目は案外と質素《しつそ》ですが」

「『遠州屋』が立派な寮を持っているのは、やはり客をもてなすためでもあるのかな」

剣一郎は湯呑みを持ったままきく。

「はい。ときたま、駕籠《かご》がたくさんやってきます」

「客は町人だけでなく、武家もいるのだな」

「はい、お侍《さむらい》さんも来ているようですね」

「揉《も》め事などないのか。たとえば、寮でどんちゃん騒ぎをして、近所から苦情が出たとか、客同士で喧嘩《けんか》になったりとか」

「いえ、そういうことはありません」

「客がきたら酒と料理でもてなすのだろうな。料理は仕出屋《しだしや》か」

「はい。仕出屋がいくつかあります」

あまりしつこくきいて不審に思われても困るので、

「うまかった」

と、剣一郎は湯呑みを置いて立ち上がった。

「邪魔をした」

「いいえ。また、こちらのほうにお越しの節《せつ》はどうぞお寄りください」

家主が畏まって言った。

刀を腰に差し、編笠をかぶって、剣一郎は自身番を出た。

剣一郎は『遠州屋』の寮に向かった。鏡ケ池《かがみがいけ》の近くにある大きな寮だった。広い門は作事奉行を乗せた乗物でも楽々通れそうだった。

作事奉行の大島玄蕃がここに来ていたのなら、その間は乗物は塀の中に入り、主の帰りを待っているのだろう。

六月十日の夜、大島玄蕃がここに来たのかどうか。寮番にきいても無駄だろう。口止めされているはずだ。

剣一郎は仕出屋を探した、下駄《げた》屋の並びに見つけ、編笠をとって店先にいた内儀《おかみ》らしい女に声をかけた。

「ちと訊《たず》ねるが」

「あっ、青柳さまですね」

左頰《ほお》の痣《あざ》に気づいてわかったのだろう、内儀は驚いたように言った。

「うむ。この先に材木問屋の『遠州屋』の寮があるな」

「はい」

内儀は畏まって応じる。

「仕出しはここから?」

「はい。さようでございます。『遠州屋』さんにはお世話になっています」

「六月十日に注文が来ていると思うが……」

「六月十日でございますか」

内儀は大福帳《だいふくちょう》を引っ張りだして開いたが、

「いいえ、六月十日は『遠州屋』さんからの注文はありません」

と、顔を上げて答えた。

「その日には料理を運んでいないと言うのか」

当てが外れて、剣一郎は困惑しながら確かめた。

「はい」

「前日はどうだ？」

「いいえ、ありません。五月三十日にありますけど」

「十日以降は？」

「六月十七日です」

「そうか。六月十日、どこか他に届けたことは？」

「近所の商家が二軒です」

「その日の夜、この付近で騒ぎがなかったか」

「騒ぎですか」

「ひとがたくさん出ていたとか」

「いえ、気づきません。なにかあったのでしょうか」

「いや、なんでもない。邪魔したな」

剣一郎は礼を言って離れた。

四半刻《しはんとき》（三十分）後、剣一郎は橋場から浅草御門《あさくさごもん》までやって来ていた。

あのあと、『信濃屋』の寮を調べたが、やはり、作事奉行が訪れた形跡はなかった。

六月十日、作事奉行大島玄蕃が訪れたのは、材木問屋の寮ではなかった。どこか別の場所だが、その見当《けんとう》がつかない。

ただ、乗物が見られているのだ。大島玄蕃は橋場のどこかにいたはずだ。その乗物がどこに現われたか。それを探すには太助の手を借りねばならないと思いながら、浅草御門を抜けた。

柳原の柳原通りで、同心《どうしん》と岡《おか》っ引《び》きがやって来るのに出会った。京之進だ。

「青柳さま」

京之進が近寄ってきた。

「どこへ？」

「はい、本所です。じつは、大道易者《だいどうえきしゃ》が太田姫稲荷脇で殺された件の探索をしているのです」

「目星《めぼし》がついたのか」

「いえ。ですが、殺された易者の八卦堂が、ふたりの遊び人ふうの男と揉めているのを見ていたという者がいました。占《うらな》い絡《がら》みで揉めたとも考えられるので、そのふたりを捜しているところなのです」

「本所にいるとわかったのか」

「いえ。揉めているところを見ていた者が、その遊び人ふうのふたりに似た男たちを本所で見たことがあると言っていたそうです。それで、念のために本所に」

「見たという者は誰なんだ？」

「神田明神に参拝に行っていたという男です」

「見たという者に会ったわけではないのか」

「自身番に言ってきたのです。そのことを告げただけで引き上げてしまったそうです」

「そうか、その者がどこの誰かはわからないのだな」

剣一郎は難しい顔をした。

「青柳さま、何か」

「いや、その話がほんとうかどうか……」

「下手人《げしゅにん》の仲間が探索を撹乱《かくらん》するためだと?」

京之進は顔をしかめた。

「遊び人ふうの男の人相《にんそう》を言ったか」

「はい。ふたりとも大柄で、毛深かったと」

「わからぬが、探索の撹乱が狙《ねら》いなら、本所というのも体の特徴も偽《いつわ》りかもしれぬな。そのことも頭に入れておいたほうがいいかもしれぬ」

「わかりました。では」

去って行く京之進を見送って、剣一郎は筋違橋近くの土手の暗がりにいた男たちを思いだした。

挙動は不審だったが、あの連中を見かけたのは八卦堂が殺された翌日だった。八卦堂殺しに関わりがあるとは思えないが、そのまま行かせたのは心残りだった。

二

夕方前に、欣次が一馬の屋敷の中間部屋《ちゅうげんべや》にやって来た。

憂鬱《ゆううつ》そうな顔をしているので、平吉は気になった。

「どうした、そんな顔をして？　やはり、牛松は戻っていなかったか」

「牛松はいなかった。それより、回向院前に、八丁堀の同心と岡っ引きがいたんだ」

欣次が不安そうに言う。

「それがどうした？」

春三がきき返す。

「適当な者に声をかけていた。聞込みをしているに違いねえ」

「聞込みぐらいで騒ぐな。本所や深川は盗み、かっぱらいが多いからな」

「あの同心は本所の縄張りじゃねえ。確か、植村なんとかといって八卦堂殺しで動いているはずだ」

「なぜ、そんな同心がこっちに来ている？」

平吉が眉根《まゆね》を寄せた。

「わからねえが、八卦堂殺しに関わりがあるはずだ」

欣次は不安そうに、

「誰かに見られていたんじゃねえのか」

「見られる？　そんなはずはねえ。八卦堂を殺したあと、土手の暗がりを突っ走《つぱし》って浅草御門までやってきたんだ」

平吉は答える。

「夜鷹《よたか》はどうだ？」

欣次はなおもこだわった。

「夜鷹には出会わなかった」

春三が口を入れる。

「いや」

平吉は首をひねった。

「客と草むらにいたら、こっちはわからねえ」

「ばかな。草むらで寝そべって俺たちを見ていたってのか」

春三が怒ったように言う。

「それも考えられなくないという話だ」

平吉も言い返すように言う。

町方《まちかた》は、逃走する下手人を見かけた者を捜していたはずだ。その探索先のひとつに柳原の土手があった。

そこは夜鷹がいることで有名だ。町方が夜鷹に聞込みをかけたことは十分に考えられる。

「だが、暗闇《くらやみ》の中だ。顔まではわからないはずだ。わかったとしたら、ふたりの男というだけだろう」

平吉は自《みずか》らを安心させるように言った。

「明日、いたら、わざと聞込みを受けてみる」

欣次が真顔で言う。

「そうしてもらおう」

春三が応じた。

玄関のほうから声がした。一馬が呼んでいた。

「行くか」

平吉は尻を上げた。

座敷に行くと、卓之進が来ていた。

「今夜は小間物屋の清吉だ。もちろん、その機会があれば殺《や》る」

一馬は口元をひん曲《ま》げて、

「平吉、おまえがついて来い」

「へえ。わかりました」

「春三と欣次は『深酔』っていう居酒屋に行って様子を探って来い。ただし、別々に行くんだ。お互い関係ない振りしてな」

「わかりやした」

春三が答える。

「帰り、俺も『深酔』に寄る。赤の他人で通す」

平吉はふたりに言う。

「小間物屋の清吉も『深酔』の亭主権蔵も、八卦堂や牛松とつながりがあると考えたほうがいい。警戒しているはずだ」

卓之進が注意する。

「ああ、わかっている」

一馬が答えた。

陽《ひ》が陰り、部屋の中が暗くなってきた。

「よし、行くか」

一馬が立ち上がった。

「では、俺は自分の屋敷で待っている」

卓之進は一足先に、屋敷を出て行った。


平吉と、編笠をかぶった一馬は、深川佐賀町八兵衛店にやって来た。辺りは暗くなり、職人たちも仕事から帰ってきた。

「じゃあ、いるかどうか調べてきます」

平吉は長屋木戸を入って行く。

清吉の顔はわからない。まず、顔を知ることからはじめなければならない。路地に入ると、焼き魚や煮物の匂いが漂《ただよ》ってきた。左右の腰高障子《こしだかしょうじ》の絵や文字を見ながら奥に向かう。

一番奥の家の腰高障子に、清吉と書かれた千社札《せんじゃふだ》が斜《なな》めに貼ってあった。平吉は戸の前に立って中の様子を窺《うかが》う。物音はせず、部屋も暗かった。

念のために戸を開けたが、真《ま》っ暗《くら》だった。急いで外に出て木戸に向かう。

木戸を出たとき、前方から風呂敷の荷を背負った男がこっちに向かってきた。平吉は俯《うつむ》いてすれ違う。

すれ違いざまに相手の顔を見た。色白ののっぺりした顔に見えた。振り返ると、八兵衛店に入って行った。

踵《きびす》を返し、木戸から路地をのぞくと、男は清吉の家へと入っていった。

それを確かめて、再び木戸から出ると荒物屋の軒《のき》下の暗がりから一馬が出てきた。

「今の男が清吉だな」

「へい。間違いありません」

「独《ひと》り身なら、夕餉《ゆうげ》に外に出るかも知れぬ。待とう」

「へい」

荒物屋の軒下の暗がりに身を隠した。

すると、それほど待つことなく、清吉が出てきた。

木戸を出て、仙台堀《せんだいぼり》のほうに向かう。先に、平吉があとを尾《つ》けはじめる。平吉のあとを一馬が尾けてきた。

仙台堀を越えて小名木川に差しかかった。万年橋《まんねんばし》の手前を右に折れ、小名木川沿いを高橋のほうに向かったとき、平吉はおやっと思った。

高橋の南詰めに『深酔』があるのだ。清吉はときおり背後を気にした。平吉は十分に気をつけていたので、そのたびに素早く暗がりに身を隠した。

左前方に橋が見えてきて、右手に赤い提灯《ちょうちん》が明かりを灯《とも》していた。『深酔』だ。

清吉は戸口で立ち止まり、来た方角を見てから中に入った。平吉は近づき、川っぷちにある柳の木の陰に立った。

一馬が追いついてきた。

「どうした?」

「そこは『深酔』です」

「なに」

一馬は提灯の明かりのほうに目をやった。

「清吉はあそこに入ったのか」

「そうです」

そのとき、『深酔』の二階の窓が開いた。

平吉と一馬はあわてて柳の木の陰に身を隠した。誰かわからないが、外の様子を窺っているようだ。影がふたつ。

「あっしは中に入ってみます。春三と欣次も客として入っているはずです」

「よし、俺はここで待つ」

「へい」

平吉は暗がりから飛び出し、『深酔』に向かった。

戸口に立つと、中から賑《にぎ》やかな声が聞こえてきた。戸を開け、縄暖簾《なわのれん》をくぐると、平吉は店の中を見回した。右手は小上がり、左手は床几《しょうぎ》が並んで、職人や日傭取《ひようと》り、駕籠かきふうの男たちが大声を張り上げて酒を呑《の》んでいた。

床几の奥に欣次が、小上がりの隅《すみ》に春三が、板場のほうに顔を向けてひとりで呑んでいた。

春三の隣が空《あ》いていた。清吉の顔は見当たらなかった。

平吉は春三にしらじらしく声をかける。

「そこいいかえ」

「ああ、空いているぜ」

平吉はそこに腰を下ろし、小女《こおんな》を呼び寄せ、

「酒だ。肴《さかな》は適当に見繕《みつくろ》ってくれ」

「はい」

小女は板場に向かった。

「さっき入ってきた男が清吉だ」

前を向きながら小声で言う。

「奥に行ったぜ」

やはり、二階の窓を開けたのは清吉かもしれなかった。窓には影がふたつあった。もうひとりいるのだ。

「亭主の権蔵はいるのか」

平吉はきく。

「姿が見えねえ。奥にいるのかもしれねえな」

小女が酒を運んできたので、開きかけた口を閉ざした。

「すまねえ」

徳利《とっくり》を置いて去ろうとするのを、

「姉さん」

と、呼び止める。

「ここは二階もあるのかえ」

「前もって大勢さんのお約束があったら使っていただいています」

「ちなみにきょうは？」

「ありません」

向こうの客が小女を呼んでいた。

「すみません」

小女は声をかけた客のほうに行った。

手酌《てじゃく》で酒を呑みながら、

「誰か他に奥に行った者は？」

「見てねえ」

「さっきふたりの人影を見た。清吉以外にもいるんだ。権蔵か」

「二階で、権蔵と話しているのかもしれねえな。あるいは……」

「なんだ？」

「裏口だ。裏口から入って二階に上がったってことも考えられる。俺は出て、裏口を見張る」

春三は尻を上げた。

「旦那《だんな》が柳の木の陰にいる」

「わかった。おい、姉さん」

春三は土間に下りた。

二階に牛松もいるような気がした。剣術道場の師範代《しはんだい》松永左馬之助はどうだろうか。松永左馬之助が住んでいるのは本郷三丁目だ。

ここまでやって来るのは少し遠いような気もするが……。

春三は勘定《かんじょう》を支払い、戸口に向かうとき、床几に座っている欣次に目配せをした。

しばらくして、欣次も店を出て行った。

新たな客が入ってきて、一段とやかましくなった。あれから半刻（一時間）経《た》ったが、清吉が下りてくる気配はなかった。

まだ、二階にいるのか。それとも裏口から引き上げたか。

平吉も勘定を払って外に出た。

柳の木の陰に欣次がいた。

「旦那は？」

「裏から出てくると睨《にら》んでそっちにまわった。春三といっしょだ」

「二階の様子は？」

平吉は二階の窓に目をやった。

「窓は閉まったままだ」

「妙だな」

平吉はかすかな不安を芽生えさせた。

「何が妙だ？」

「敵はかなり用心深い。牛松を逃がしたのもそうだ。それだけじゃなく、逆に俺たちの正体《しょうたい》を掴もうとしてる。そんな奴らが……」

あっと、平吉は声を上げた。

『深酔』から清吉が出てきた。

清吉は来た道ではなく、霊巌寺《れいがんじ》のほうに向かった。

「なぜだ」

平吉は胸騒ぎがした。

「あとを尾けないのか」

「なぜ、清吉はまったく尾行を気にしないで、ここまでやって来たんだ。そして、また堂々と出てきた」

あっと、平吉は気がついた。

「罠《わな》だ。この周辺で、仲間が俺たちを見張っているに違いねえ。待ち伏せしていたんだ」

「まさか」

「俺は清吉のあとを尾け、途中で逃げる。俺が尾けていったあと、辺りの様子に目を配り、怪《あや》しい奴がいないのを確かめてから、裏にまわって、旦那と春三に遠回りをして逃げるように言うんだ」

「わかった」

「じゃあ、俺は行く」

平吉は清吉が消えた方角に向かって走った。

ほどなく、前方の暗がりに清吉の後ろ姿が見えた。おそらく、自分も尾けられているだろう。

清吉のあとを尾けながら背後を気にする。

霊巌寺の山門前を過ぎると、寺の塀が続き、反対側は武家屋敷の長い塀だ。人通りのない寂しい道だ。

背後に仲間が迫《せま》っているかどうか。そのことを確かめるためにも、一《いち》か八《ばち》かの勝負に打って出ようと思い、懐《ふところ》に手を突っ込んだ。

匕首《あいくち》を抜くや、早足になって清吉に迫った。

「清吉、後ろだ」

暗闇から声がかかった。匕首の刃先が清吉に届こうとした瞬間、清吉が横に飛んで地べたに手をつき、一回転して攻撃を避けた。

清吉の身の軽さに驚きながらも、平吉はそのまままっすぐ駆け出した。途中で振り返ると、浪人ふうの侍が抜き身を提《さ》げて見送っていた。

平吉は遠回りをして、南割下水の屋敷に戻った。

中間部屋に入り、杓《ひしゃく》で瓶《かめ》の水を喉《のど》を鳴らしながら飲んだ。

「だいじょうぶか」

春三がやってきた。

「大丈夫だ。旦那は？」

「欣次から言伝《ことづて》を聞いて、あの場をすぐ離れた。用心して帰ってきたから尾けられた心配はない」

「欣次は？」

「あそこで別れた」

「そうか」

「ともかく、旦那に報告だ」

「よし」

平吉は春三と共に、一馬の部屋に行った。

一馬はまだ起きていた。

「どうだった？」

「やはり、罠でした」

清吉を襲撃したときの様子を話した。

「おそらく、清吉はあっしをどこかで捕まえようという魂胆《こんたん》だったと思います。捕まえて、口を割らせようとしたのに違いありません」

「あの呑み屋の周辺に仲間を待ち伏せさせていたのか」

一馬は厳しい顔で言う。

「清吉ですが、軽業師《かるわざし》上がりではないかと思うような、身の軽い男でした」

「軽業師上がり……」

春三が呟《つぶや》く。

「何か心当たりがあるのか」

一馬がきく。

「いえ、そうじゃないんです。身の軽い男が仲間にいるってのは、ひょっとして」

「盗《ぬす》っ人《と》だ」

平吉は思わず叫んだ。

「あの文に書かれた五人は盗賊一味というわけか」

一馬が応じる。

「奴らは統率《とうそつ》がとれています。烏合《うごう》の衆《しゅう》ではありません。仲間は五人以外にもいるはずです」

「この者たちが盗賊だとしたら、影法師も盗賊と考えられるな」

一馬が不快そうに顔を歪《ゆが》めた。

「ええ、ある盗賊一味があっしらを使って敵対する盗賊を潰《つぶ》そうとしているのではないでしょうか」

平吉は想像を口にした。

「そうかもしれねえ」

春三も腹立たしげに、

「てめえの敵を俺たちに始末させようとは、なんて汚《きたね》え野郎だ」

「影法師が盗賊だとしたら、『高城屋』の一件のとき、妾《めかけ》の家にたまたま忍んでいたってことかも」

平吉はまた想像を口にした。

「あんときの一部始終《しじゅう》を、盗っ人が見ていたっていうのか」

春三が憤然《ふんぜん》として言う。

「ありうるな」

一馬が厳しい顔でため息をついたが、

「しかし、影法師の輪郭《りんかく》がわかっただけでも収穫だ。必ず、見つけてやる」

と、息巻いた。

「旦那。でも、あと四人をなんとしてでも殺らなければなりません。こうなったら、出来るところから殺ったほうがいいんじゃありませんか。次は『深酔』の亭主権蔵です」

「よし、では、次は権蔵だ」

一馬が怒ったように言う。

影法師に対する怒りは平吉も同じだった。

『高城屋』の一件で奪った金から、一馬は小普請《こぶしん》組組頭に百五十両もの付届けをした。

組頭は、今度お役に空きが出来たらまっさきに一馬を御番《ごばん》入りさせると約束してくれたのだ。一馬が御番入りとなれば、平吉も春三もそれなりに大きな顔が出来るのだ。

そのためにも、どうしてもこの危機を乗り越えねばならなかった。

三

翌朝、剣一郎の屋敷に太助がやって来た。

いつものように髪結いが引き上げてから濡縁《ぬれえん》に出て、庭先に立った太助に、

「太助、また手を貸してもらいたい」

と、切り出した。

「もちろんです。なんなりと仰《おつしや》ってください」

「これは秘密を要することだ」

と前置きして、剣一郎は作事奉行の不審死について話した。

「表向きは病死だが、橋場のどこかで何者かの手にかかったのではないかという

噂を、あながち否定は出来ないのだ」

　剣一郎は橋場を歩いてきたことを話し、

「材木問屋の寮ではない。もしかしたら、誰かの家かもしれぬ。その手掛かりが乗物だ。橋場のどこで乗物が見られていたのか。そこから、作事奉行が訪れた家を探り当てたい」

「わかりました。猫の蚤取《のみと》りや迷い猫を捜すという商売ですから、聞込みは慣れていて楽なんです」

「そうか。期待している」

「はい」

「ところで、そなたが亡骸を見つけた八卦堂の件だが、遊び人ふうの、大柄で毛深い男ふたりが八卦堂と揉めていたと訴えた者がいたそうだが、京之進から聞いているか」

「いえ、あれから植村さまとはお会いしていませんので」

　太助は首を横に振った。

「青柳さま、それが何か」

「そのことを自身番に告げた男が誰かわからないらしい」

「青柳さま、それは偽りですね」

太助は即座に言い切った。

「ほう。どうしてそう思う？」

剣一郎は目を細めて太助の顔を見た。

「本人が姿をくらましているってこともそうですが、遊び人ふうの、大柄で毛深い男ふたりだなんて、ずいぶん特徴がはっきりしているじゃありませんか。そんな男、捜してもなかなか見つからないはずです」

「確かに、探索の攪乱《かくらん》が狙いのような気もする」

「気もするって、まさにその通りじゃないですかえ。単なるいたずらで、こんなことを言ってくるとは思えません」

「では、何のために探索の攪乱をするのだ？」

「それは、自分のほうに探索の目が及ばないようにするためです」

「しかし、京之進のほうは下手人の目星さえついていないのだ。身辺《しんぺん》に探索の手が伸びてきているならともかく、まだそんな段階ではない。下手人にしたら、かえって疑いを招いて危険な動きではないか」

「そうですね」

太助は首をひねり、

「では、無関係な者のいたずらなのでしょうか」

「いや、それもおかしい。そなたが言うように、いたずらでそのような真似《まね》をするとは考えられぬ」

「そうなると、さっぱりわけがわかりませんね」

「うむ」

剣一郎も見当がつかなかった。だが、単なるいたずらとは考えられないので、訴え出たことには何らかの意味があるに違いないと思った。

「青柳さま。では、あっしはさっそく橋場で聞込みをはじめます」

「わしも深川に行ってから橋場に向かう」

剣一郎が太助を見送ったあと、妻女の多恵《たえ》がやって来た。

「太助さんは？」

多恵が庭を探すように見てきいた。

「たった今引き上げたが……」

「そうでしたか」

「何か」

「ええ。おまえさまが着なくなった着物を、太助さんに仕立て直してあげようかと思って」

「なるほど」

剣一郎は微笑《ほほえ》んだ。

「何か」

「いや、そなたも太助が可愛《かわい》いのかと思ってな」

「おまえさまが可愛がっているひとですから、私も何かして差し上げねばと思っているだけですよ」

「そうだな」

伜《せがれ》の剣之助《けんのすけ》は妻の志乃《しの》べったりで、娘のるいは御徒目付《おかちめつけ》の高岡弥之助《たかおかやのすけ》に嫁《とつ》ぎ、多恵も案外と寂しいのかもしれない。太助を自分の子どもか弟のように面倒をみようとしているのだ。

「何かついていますか」

多恵が不思議そうな顔できいた。

「いや」

剣一郎はあわてた。考えごとをしながら、ずっと多恵の顔を見つめていたようだ。

「そろそろ出かける」

そう言い、部屋に入って多恵の手を借りて着替えた。


それから半刻（一時間）後、剣一郎は深川の三好町《みよしちょう》にやって来た。

材木置場の脇を通り、堀沿いに材木問屋の『遠州屋』に向かう。堀には筏《いかだ》に組んだ材木がたくさん並んでいた。

『遠州屋』の店先に立ち、剣一郎は印半纏《しるしばんてん》を着た男に声をかける。

「すまない。主人に会いたいのだが」

剣一郎が編笠をとると、印半纏の男は、

「すぐ、呼んで参ります」

と言い、急いで奥に向かった。

しばらくして、五十年配の恰幅《かっぷく》のいい男が出てきた。

「これは青柳さまでいらっしゃいますか。てまえが主人の政五郎《まさごろう》でございます」

「ちょっと教えてもらいたいことがあるのだが」

「さようでございますか。では、こちらに」

店座敷の隣にある部屋に、案内された。

差し向かいになってから、

「ひと月あまり前、作事奉行の大島玄蕃さまが急逝《きゅうせい》されたが」

と、剣一郎は切り出した。

「はい。驚きました。お元気なお方でしたので驚いております」

政五郎は目を伏せて答えた。

「大島さまとは付き合いはあったのか」

「はい、ときたま接待《せったい》を」

「そのときは主《おも》にどこで？」

「仲町《なかちょう》の料理屋です」

「橋場に立派な寮があるが、あそこに招くことは？」

「ありました」

「一番近くでは、いつ大島さまにお会いに？」

「最近は疎遠《そえん》でして」

政五郎は顔をしかめた。

「なぜ、疎遠に？」

「どうも他の店が攻勢を仕掛けているようでして」

「他の店？」

「はい。古い材木問屋なのですが、今の主人が遣り手でして。かなりの付届けをして、お奉行様に食い込んでいたようです。ですから、私のほうの誘いにはなかなか応えてくれませんでした」

「その材木問屋とは？」

「こんなことを申しては告げ口をしたと思われかねませんが……」

「そなたから聞いたとは口外《こうがい》せぬ」

「はい、では」

それでも言いよどんでいたが、やっと決心したように、

「『高城屋』さんです。主人の三右衛門さんは元々番頭だった男で、先代に見込まれて婿《むこ》になったのです。当初はおとなしい男だと思っていましたが、なかなかの遣り手でして」

「『高城屋』は橋場に寮を持っていないのか」

「さあ、聞いたことはありません」

「作事奉行と一番親しかったのが『高城屋』か」

「だと思います」

「作事奉行が亡くなって、『高城屋』はどうしているか」

「かなり落ち込んでいました。大島さまの葬儀でも、別人のようでした。

「それはそうでしょう。今までかなりの付届けをしていたのが、すべて無駄になったわけですから」

政五郎は口元に皮肉そうな笑みを浮かべた。

「新しい作事奉行はどのようなお方だ？」

「大島さまとはまったく違って、堅物《かたぶつ》のお方です。付届けをしたら、叱《しか》られそうです。必要以上に真面目《まじめ》なお方はやりにくい面もあります。ただ……」

「ただ？」

「馴《な》れてくれれば、また違ってきましょう」

「いずれ付届けをもらうようになるというのか」

「そういうものではございませんか」

政五郎はおかしそうに笑った。

「わかった。邪魔をした」

剣一郎が腰を浮かせかけると、

「青柳さま」

と、政五郎が真顔になってきいた。

「大島さまの死に、やはり何か」

「何かとは？」

「ほんとうは病死ではないので？」

「なぜ、そう思う？」

剣一郎は再び腰を下ろしてきいた。

「じつは大島さまの葬儀で、そんな話を小耳に」

「………」

「大島さまは他所《よそ》でお亡くなりになって、お屋敷に運ばれてきたと。そのとき、血だらけだったと」

「誰がそのようなことを？」

「参列者のお侍さまが話しておられました」

「そうであれば、もっと早く調べが入ろう。今さら調べるのは遅い」

剣一郎はわざと苦笑し、

「そういう噂が立つのも無理はない。それほどの急死だったからな。じつは、大島さまの部屋から、かなりの額の金が見つかった。その金の出所が問題になった。念のために、密かに調べているだけだ」

剣一郎は曖昧《あいまい》に言い、

「付届けだろうとは想像していたが、そなたの話からも裏付けられたので、そう報告すればいいだけのこと」

「さようでございますか」

政五郎は少しがっかりしたような顔をした。

「邪魔をした」

剣一郎は立ち上がって部屋を出た。

次に、剣一郎は『高城屋』を探した。途中で通行人に訊ね、入船町《いりふねちょう》に向かった。

『高城屋』も大きな店構えだった。

番頭らしき男に主人への取次ぎを頼んで待っていると、番頭がやってきて剣一郎を内庭に面した部屋に案内した。

すでに、その部屋に『高城屋』の主人が待っていた。

剣一郎は主人と向かい合った。四十ぐらいの苦《にが》み走《ばし》った顔の男だ。

「三右衛門でございます」

　三右衛門は頭を下げた。

「南町の青柳剣一郎だ。少し、訊ねたいことがあって参った」

「はい」

「そなたは、先月亡くなられた作事奉行大島玄蕃さまと、よく会っていたと聞いたが？」

「材木問屋としてのご挨拶《あいさつ》をさせていただいておりました」

「それは付届けをしていたということか」

「いえ。ご挨拶程度にございます」

「そうか。ところで、大島さまは病死ではないのではないかという噂があるようだが、聞いているか」

「いえ。知りません」

「聞いていないのか」

「はい。それに、大島さまはとてもお元気そうでしたが、心ノ臓が悪いようでした」

「心ノ臓が悪い？」

「はい。一度私の前で胸のあたりを押さえて苦しまれたことがございます。そういう姿は他人には決して見せなかったようで、このことは誰にも言うなと言われました。ですから、お亡くなりになったと聞いて、そのことを思いだしました」

三右衛門は沈んだ顔で言う。

「そうか」

剣一郎は頷いてから、

「ところで、先月の十日。大島さまがお亡くなりになった日だが、この日は大島さまに会う予定はなかったのか」

「ありません」

即座に、三右衛門は答えた。

あまりに素早い否定に、剣一郎は訝《いぶか》るほどだった。

「いつ、大島さまの死を知ったのだ?」

「お亡くなりになった次の日の朝です。お屋敷から知らせがきました。これは私どもだけでなく、すべての材木問屋に」

「で、すぐ駆けつけたのか」

「はい」

「他の材木問屋の主人もいっしょか」

「いえ、私だけです」

「なぜ、そなたは？」

「まあ、親しくさせていただいておりましたから」

「材木問屋としての挨拶程度の付き合いではなかったのか」

「そうではありますが……」

三右衛門は言葉を濁《にご》した。

「他の材木問屋はいつ顔を出したのだ？」

「その日の夜です」

「通夜《つや》か」

「はい」

「そなただけが知らせを聞いて屋敷に駆けつけたのか」

「はい」

「そうか」

剣一郎は少し考えてから、

「『高城屋』は橋場に寮はないのか」

「…………」

すぐに返答がなかった。

「ありません」

だいぶ間を置いて答えた。一瞬、顔色が変わったような気がした。

「橋場に行くことは？」

剣一郎は確かめる。

「いえ、用はありませんから」

必要以上に、三右衛門は力んで答えた。

「そうか、わかった。邪魔してすまなかった」

剣一郎は立ち上がった。

三右衛門はほっとしたような表情をした。

剣一郎は『高城屋』を辞去《じきょ》したあと、『信濃屋』に行き、主人から『高城屋』のことを聞き、それから橋場に足を向けた。

『信濃屋』の主人も、三右衛門と作事奉行の結びつきの強さを口にした。翌日の朝、大島玄蕃の屋敷から知らせがあったとき、三右衛門がすぐに屋敷に駆けつけたことからも、両者の関係がわかると言っていた。

剣一郎が気になったのは、橋場に寮はないのかときいたときの、三右衛門の反応だ。虚《きょ》を衝《つ》かれたように顔色を変えた、

三右衛門は橋場に何か関わりがある。知り合いがいるか、あるいはひとに隠している別宅があるのか。

そのことに思いを巡らしながら、剣一郎は小名木川を越えていた。

四

昼近くになって、欣次がやって来た。

中間部屋に入ってきて、

「昨夜はだいじょうぶだったのか」

と、平吉にきいた。

「途中で清吉を襲った。案《あん》の定《じょう》、俺のあとを浪人が尾けていて、清吉に知らせた」

「やはり、罠だったのか」

「そうだ。それから、清吉は軽業師のように身が軽かった。どうやら、盗賊一味

ではないかというのがこっちの読みだ」

「盗賊か。すると影法師は？」

「影法師も盗っ人だ。ただし、せいぜいひとりかふたりの盗っ人だ」

「…………」

「わかるか」

平吉が欣次の顔を覗《のぞ》き込む。

「何だが？」

「なぜ、影法師が俺たちの動きを知っていたのかだよ。影法師は盗っ人だ」

「なに、じゃあ、お蝶の家に忍び込んでいたっていうのか」

「そうとしか考えられねえ。たぶん、床下か天井裏に潜《ひそ》んでいたんじゃねえのか。そこに俺たちが押し込んだ。だから一部始終を見ていたってわけだ」

「信じられねえ」

「その盗っ人は八卦堂たちの盗賊一味に恨みを持っていたんだ。それで、俺たちをうまく使って盗賊を倒させようとした。こう考えたら説明がつくんだ。欣次」

平吉は欣次の顔を見つめ、

「お蝶さんから話を聞きたいんだ。影法師の野郎は小間物屋などに化《ば》けて、お蝶さんに近づき、何かを聞きだしたに違いねえ。俺をお蝶さんに会わせてくれ、おめえに任せたんじゃ、お蝶さんから肝心《かんじん》なことを聞きだせねえ」

「………」

「おい、欣次」

平吉は声を強めた。

平吉にはある想像が働いていた。このことを確かめるのは、欣次では無理だ。

「わかった。昼間なら、高城屋は来ない」

欣次は困惑した顔で頷いた。

「おめえ、不思議な男だな」

春三が口をはさんだ。

「何がだ？」

「女のことだよ。あの夜、作事奉行が来る前に三右衛門を殺して金を奪《うば》えば、妾だって自分のものになったじゃねえか。なぜ、三右衛門は助けたんだ？」

「それは……」

欣次が返答に窮《きゅう》した。

「三右衛門がいなくなれば、金づるがなくなるからだろう」

平吉が口をはさむ。

「まあ、そうだ」

「へたをすりゃ、あの家だって追い出されるかもしれない。そうじゃないのか」

「そうだ。三右衛門に月々もらっている手当てがなくなったら困るんだ」

欣次が顔をしかめて言う。

「ちっ。じゃあ、自分の好きな女が三右衛門に抱かれても何とも思わないのか」

「そりゃ、面白《おもしろ》くねえ。だが、暮らしを考えたらそうするしかねえ」

「そうだな。おめえが遊んで暮らせるのも、お蝶さんが三右衛門の妾だからだ。だから、そこは目を瞑《つむ》らなきゃならねえってわけだ」

平吉が言うと、春三は嘲笑《ちょうしょう》し、

「自分で情けねえと思わねえのか」

と、冷たく言う。

「何言ってやがるんだ。金があればそうする。だから、三右衛門が賄賂《まいない》に用意した五百両を手に入れようと、平吉に相談したんだ。平吉が春三に話したままではい い。三人でやれば、ひとり頭百六十数両になったんだ。それなのに」

欣次は声を落とした。

「どうして井関の旦那に知らせたんだ。おまけに久米の旦那まで。おかげで、ふたりに四百両もとられちまった。俺たちの分け前はそれぞれ三十両ちょっとだ」

「…………」

平吉と春三は押し黙った。

「最初は俺が主導していたのに、井関の旦那たちが指図《さしず》をするようになったんだ。俺はすっかり虚仮《こけ》にされたんだ。平吉から堪《こら》えてくれと頼まれたから辛抱《しんぼう》しているが、本音《ほんね》じゃ面白くねえんだ。やい、春三」

欣次は顔を紅潮《こうちょう》させ、

「てめえが井関の旦那に漏《も》らしたんだろう」

「俺たち三人じゃ心もとなかったんだ。もしかしたら、作事奉行の家来とも遭遇するかもしれねえ。だから、腕の立つ旦那の手を借りようと思ったんだ」

「だったら、なぜ、あんな分け前にしたんだ？」

「旦那は俺たちのご主人さまなんだ。仕方なかったんだ」

春三は気まずそうに言う。

「欣次、もういいじゃねえか」

平吉がなだめようと口を出す。

「おめえの気持ちはよくわかる。この埋め合わせはきっとする」

「ふん、おめえたちの腹の中はよくわかっているんだ。組頭に付届けをすれば、井関の旦那に御番入りの機会が巡ってくる。だから、あんな分け方を認めたのだ。井関の旦那が御番入りすれば、平吉も春三も武家奉公人として……」

「欣次、もうよせ」

平吉が語気を強め、

「いいか。旦那が御番入りしたら、もっと家来が必要だ。おめえも家来にしてもらえるはずだ。長い目でみれば、そのほうが得だ」

「俺たちがいがみあっても仕方ねえ。今は影法師という敵と闘わねばならねえんだ」

春三もなだめようとした。

やはり、欣次は不満が溜まっていたのだ。確かに、欣次を騙《だま》すようなことになってしまったが、一馬の御番入りが叶えば、平吉たちの処遇とてはるかによくなろう。なんとしてでも御番入りをしてもらわねばならなかった。

「なあ、欣次。わかってくれ」

平吉は穏《おだ》やかに言う。

「ともかく、今は影法師に手を打たなきゃならねえ」

やっと納得してくれたのか、欣次が言った。

「そうだ。だから、お蝶さんに会わせてもらいたいんだ」

「よし。これからでもいい」

「わかった。そうしよう」

平吉は言い、立ち上がった。

「そうそう、きょうは植村という同心が亀沢町《かめざわちょう》で棒手振《ぼてふ》りに聞き込みをしていた。漏れてきた話はこうだ。大柄で、毛深いふたりの男を捜しているそうだ。大道易者の八卦堂と揉めていたらしい。そういうご注進が自身番にあったらしい」

欣次が思いだして言う。

「俺たちのことじゃなさそうだな」

春三が安心したように言う。

「いや、何かおかしくないか」

平吉は気になった。

「どういうことだ？」

春三がきき返す。

「大柄で毛深い二人組なんて、この界隈で見かけたことはない。それが八卦堂と揉めていたなんて」

「いいじゃねえか。俺たち以外に、八卦堂と揉めていた男がいたってのはもっけの幸いだ。探索の目がそっちに向かえば……」

「なぜ、本所なんだ?」

「平吉、何を気にしているんだ?」

「よく考えてみろ。八卦堂殺しの探索で、同心がこっちに現われたんだ。本所界隈に目をつけたんだぞ」

「影法師の揺さぶりか」

欣次がはっとしたように口にした。

「揺さぶり?」

「そうだ。影法師は次の殺しを急《せ》かしているのではないか」

「まさか」

「本所に住む遊び人ふうの男がふたりというのは合っている。ただ、特徴をわざと違うように告げたんだ」

早く次の殺しをやれという影法師の脅《おど》しに違いないと、平吉は付け加えた。

「ちくしょう」

春三が口元を歪《ゆが》めた。

「このことを旦那に話しておいたほうがいいな」

平吉が言うと、すぐ春三が、

「俺が話しておく」

「そうしてもらおう。俺たちは橋場に行ってみる」

平吉は欣次とともに橋場に向かった。


北割下水を突っ切って吾妻橋《あずまばし》を渡り、半刻（一時間）後には、橋場の浅茅ヶ原《あさじがはら》を背にして建っているお蝶の住まいにやって来た。

黒板塀に囲まれた小粋《こいき》な家だ。庭から松の枝が外に伸びている。両隣の家の間に草地があった。

欣次がそのまま門を入ろうとした。

「おい、だいじょうぶか」

「まずいときは、二階の手すりに手拭《てぬぐ》いが下がっているんだ」

松の梢《こずえ》の向こうに二階の廊下の手すりが見えた。

なるほど、それが合図かと合点《がてん》して、平吉は欣次に続いて門を入る。

欣次は格子戸《こうしど》を開け、声をかける。

奥から、お蝶が小走りに出てきた。二十三歳の艶《なま》めかしい顔をした女だ。

「あっ」

欣次の横に平吉がいるのに気づいて、あわてて居住まいを正した。

「お蝶、平吉がおめえにききたいことがあるそうだ」

「はい、どうぞ」

お蝶はふたりを部屋に招じ入れた。

「婆《ばあ》さんは？」

欣次は通いの婆さんのことをきいた。

「今、娘さんのところに行っているんです。夕方まで帰らないので、だいじょうぶです」

娘が山谷町《さんやちょう》にいて、ふだんはこの家に住み込んでいるが、三右衛門が来るときはそこに泊まってくる。

作事奉行がここに来た日も、婆さんは山谷町に帰っていた。

庭に面した部屋に通され、平吉はさっそく切り出した。

「この辺りに盗っ人が出没していたって話は聞いてないかえ」

「盗っ人ですって」

　お蝶は細い眉をひそめた。

「そういえば、空き巣が出没しているらしいと婆さんが聞いてきたことはありました」

「空き巣ですかえ」

　平吉は頷いてから、

「作事奉行がやって来る日、『高城屋』の旦那は五百両を持って来る。そのことを欣次以外の誰かに話したかえ」

「いえ」

「婆さんにも？」

「はい、話していません」

「婆さんは作事奉行が来ることは知っていたのか」

「いえ、知りません。そこまで話していませんから」

「小間物屋とか建具師《たてぐし》とか酒問屋とか出入りの者がいると思うが、その者たちには？」

「いえ、誰にも話していません」

「そうか」

盗っ人は五百両を狙ったのではなく、単に金がありそうだから忍び込んだのかもしれない。

「作事奉行がやって来た六月十日、家の中で何か変わったことはなかったかえ」

「変わったこと？」

「ええ、何者かが家の中に入り込んでいるような気配がしたり、何か物がなくなっているといったことが……」

「いえ」

お蝶は脅《おび》えたように答える。

「お蝶」

欣次が声をかけた。

「あの夜、俺たちがやったことを見ていた者がいたんだ。もしかして、ここに盗っ人が入り込んでいたのではないかと睨んだのだ。どうだ、よく考えてみろ」

「気がつかなかったわ。それに、旦那が来ていたので、注意はそのほうにばかり向いていたし……」

「高城屋が五百両持って来ることも、誰も知らなかったはずなんだな」

欣次がもう一度、そのことを確かめた。

「ええ、誰にも言ってないわ。ねえ、何かあったの？」

お蝶が顔を強張《こわば》らせ、

「どうして見ていた者がいたとわかったの？」

と、きいた。

「そのことで、俺たちを脅している者がいるんだ」

欣次が答えると、お蝶は目を見開いた。

「お蝶さん。気に障《さわ》ったら勘弁《かんべん》してくれ」

平吉は口を出し、

「おまえさん、欣次以外に男はいないか」

と、問い詰めるようにきいた。

欣次ははっとしたように、

「平吉、てめえ、そんなことを考えていたのか」

「欣次、大事なことだ。黙っているんだ。さあ、お蝶さん、どうなんだ？」

平吉は迫った。

「いるわけありませんよ」

お蝶は怒ったように言う。

「ほんとうだな」

「ほんとうですよ」

「欣次の前だから、そう言っているんじゃないな」

「平吉、どういうつもりだ？」

欣次が声を荒らげた。

「あらゆることを考えてのことだ。お蝶さんに他に男がいたとしたとしよう。ふたりが共謀して三右衛門を殺し、その罪を欣次に押しつける。そうすれば、一挙《いっきょ》両得《りょうとく》だ」

「私はそんな女じゃありません」

お蝶はむきになった。

「わかった。信じよう。お蝶さん、失礼なことをきいてすまなかったな」

平吉は謝る。

「いえ」

お蝶は首を横に振った。

「欣次、これも影法師を見つけ出すためだ」

平吉は欣次に声をかける。

「わかっている」

欣次は顔をしかめて頷く。

「だが、何も摑めなかったな」

平吉はため息混《ま》じりに言う。

「ともかく、俺は引き上げる。おめえはどうする？」

「俺は」

欣次はお蝶と顔を見合わせ、

「ここに残る。明日、屋敷に行く」

「そうか。じゃあ、俺は……。そうだ」

平吉は思いついて、

「婆さんにも怪しい者に気づかなかったか、きいてみてくれ」

と声をかけ、立ち上がった。

「そこまで送っていこう」

欣次がついてきた。

「いってえ、誰なんだ」

平吉は思わず呟いた。

「盗っ人しかいねえ。お蝶が気づかなかっただけで、やはりあのとき、家の中に盗っ人がいたんだ。そうとしか考えられねえ」

欣次が言う。

「そうだな」

ほんとうに、お蝶には他に男がいないのか。平吉はまだこだわっていたが、欣次の前で口にすることは出来なかった。

「じゃあ、ここでいいぜ」

平吉は立ち止まって欣次に言った。

「井関の旦那、ほんとうに御番入り出来そうなのか」

「ひとつ空きが出来るそうだ。そしたら、旦那の出番だ」

「そうか」

「そしたら、おめえにもいい目を見させてやる」

平吉は笑いかけた。

「ああ、頼んだぜ」

「任せて……」

　平吉は言葉を呑んだ。

「どうした？」

「あの編笠の侍、柳原の土手で見かけた侍じゃねえか」

　平吉は真崎稲荷《まつさきいなり》のほうを見て言う。

　あれは牛松の長屋に行ったが、出かけていたので柳原の土手で時間を潰していたときだ。筋違橋を渡ってきた編笠の侍がこっちに向かってきた。関わらないほうがいいと思い、逃げ出したのだ。

「編笠をかぶった侍はざらにいるだろう」

　欣次は意に介《かい》さなかった。

「そうだが……。まあ、用心に越したことはない。あとを尾けられないように、大回りして戻るんだ」

「わかった」

　欣次に注意をし、平吉は今戸のほうに向かった。途中、振り返ると、編笠の侍がまだこっちを見ていた。

　平吉は薄気味悪くなって急ぎ足になった。

五

剣一郎がふたりの遊び人ふうの男を見ていると、ひとりが今戸のほうに、もうひとりは路地を曲がって行った。

「太助。あの路地に曲がった男のあとを尾けろ」

「へい」

太助はわけがわからないままに、もうひとりの男のあとを尾けて行った。

深川からここにやって来た剣一郎は真崎稲荷で太助と会った。それまで聞き込みをしていた太助は、重要な事実を摑んできた。

真崎稲荷の境内《けいだい》で水茶屋をやっている亭主が、六月十日の夜、真崎稲荷横の雑木林に立派な乗物が停まっていたのを見ていたという。

その乗物は作事奉行大島玄蕃のものであろう。やはり、大島玄蕃はこの近辺に来ていたのだ。

ますます、噂は事実である公算が大きくなった。すくなくとも、殺されたかどうかは別として、大島玄蕃はこの付近のどこかの家で死んだものと思われる。

この辺りに『高城屋』の主人三右衛門と関わりのある家があるのではないか。まさか、大島玄蕃がこの付近に女を囲っているとは考えられない。外泊が許されない旗本は、側室を自分の屋敷に置くものだ。わざわざ、女に会いにここまで来るとは考えづらい。

そのようなことを考えながら歩いている最中に、ふたりの遊び人ふうの男を見かけたのだった。

昨夜、筋違橋を渡ったとき、土手の暗がりに三人の遊び人ふうの男が立っていた。不審に思って近づくと、三人は歩きだし、途中から駆け足になった。剣一郎から見たら、逃げて行ったとしか思えなかった。

さっき見かけた男たちがその三人のうちのふたりかどうかはわからないが、背格好は似ているように思えた。

まだ、太助は戻って来ない。

大島玄蕃がこの付近の家で亡くなったのはほぼ間違いないが、なぜ死んだのか。血だらけだったという話から、刃物で傷《きず》を受けたと考えられるが……。

三右衛門と会っていたのなら刃傷沙汰《にんじようざた》は考えられない。だとしたら、大島玄蕃に恨みを持つ者が三右衛門と会っているところに襲いかかったのか。

剣一郎は大川のほうに目を転じた。橋場の渡し船が向島側に向かって行った。草むらから虫の音が聞こえてきた。

すると、後ろのほうでも虫が鳴きだした。やがて、左右からも聞こえはじめ、さながら剣一郎は虫の音に包囲されたようになった。

思わず虫の音に聞き入っていると、駆けてくる足音がして虫の音が止《や》んだ。

太助が駆け寄ってきた。

「男は妾宅《しょうたく》のような家に入って行きました。ずいぶん遠回りしてましたが、この近くです」

「尾行に用心したようだな。よし、案内せよ」

「はっ」

太助が先に立ち、浅茅ヶ原の近くにある家に向かった。黒板塀のいかにも妾宅らしい家だ。

「あの家です」

「しっかりした造りだ」

「はい」

「誰が住んでいるか隣できいてくるんだ」

「へい」

太助は草地をはさんだ隣家に行った。

剣一郎は妾宅から少し離れた場所で太助を待った。

太助が戻って来た。

「お蝶という二十二、三のきれいな女と手伝いの婆さんが住んでいて、ときたま夜に旦那らしい男が訪ねてくるそうです」

「旦那の名はわからないのだな」

「わからないと言ってました。それから、ときたま昼間に遊び人ふうの男が出入りしているそうです。お蝶は兄だと言っていたとか」

「さっきの男だな。ほんとうに兄妹《きょうだい》か」

「兄という男も苦み走ったいい男で、兄妹と言われて納得していたそうです」

太助は言ったあとで、

「それより、青柳さま、隣のかみさんが妙なことを言ってました」

「なんだ？」

「へえ、念のために六月十日のことをきいてみたんです。そしたら、夜の五つ半（午後九時）ごろ、少し騒がしかったそうです」

「騒がしかった？」

剣一郎は作事奉行のことを思い浮かべた。

「塀があるから家を覗けないのですが、何人かの男の声が聞こえたそうです。作事奉行はあの家で亡くなったんじゃないですかえ」

「そのとき、大島さまの屋敷から家来が駆けつけたと考えても辻褄《つじつま》は合うな」

大島玄蕃はあの家の前で乗物をおり、乗物は真崎稲荷の横で呼び出しがあるまで待機していた。そんなときに、大島玄蕃に異変が起きた……。

「お蝶って女に直《じか》にきいてみますか」

「いや。まだ、早い」

剣一郎は慎重になった。

「あの家で死んだことを認めたとしても、病死だったと言われればそれまでだ。女のところで急死した大島さまの名誉を考え、連れ帰って屋敷で死んだように体《てい》裁《さい》を整えることはままあろう。だが、問題は大島さまが血まみれだったという噂だ。もし、そうだとしたら事態は大きく変わるのだ。おいそれと何があったかは認めまい」

「そうですね」

「まず、あの家がほんとうに大島さまと関わりがあるのか、確かめる必要がある」

「周辺に聞き込みして、家の前で乗物が停まったのを見た者を捜してみましょうか」

「それもひとつの手だが……」

「何か」

「ここに住むお蝶が大島さまの妾とは考えにくい。それであれば、自分の屋敷に住まわせるはずだ」

「お武家さんはひとつ屋根の下で妻と妾を……」

太助は呆れたように言う。

「直参《じきさん》は外泊が出来ぬからな」

「すると、大島さまは他人の妾とよろしくやっていたってことですね」

「そこまでは言い切れない。旦那が妾といっしょに酒肴《しゆこう》で大島さまをもてなしたのかもしれない」

「でも、それだけのことで、大島さまがのこのこやって来ますかね。それより、芸者を呼べる料理茶屋のほうを望むんじゃないですかえ」

「そうだな」

剣一郎は苦笑し、

「わしもそう思う。大島さまは妾が目当てでここまでやって来たのだろう。もちろん、旦那に隠れてではない。旦那が認めた上でのことだ」

「自分の妾を差し出すってことですかえ。それはずいぶん……。あっ、作事奉行にそこまでするのは……」

「そうだ、材木問屋の『高城屋』の主人三右衛門だ。お蝶の旦那が三右衛門かどうか調べるのだ」

剣一郎は鋭《するど》く言う。

「わかりました。三右衛門を尾けてみます」

「よし」

太助は頭の回転が速く、剣一郎の考えを察して言った。

「きょうは引き上げよう」

「いえ」

太助は首を横に振った。

「お蝶の兄って男がどこに住んでいるか突き止めます。そのうち、引き上げるでしょうから、あとを尾けます」

「そうか。やってくれるのか」

「はい」

太助は元気よく返事をし、

「明日の朝、お屋敷に伺《うかが》います」

「うむ。待っている」

剣一郎は先に引き上げた。


翌朝、髪結いが引き上げたあと、剣一郎は庭先で待っていた太助に声をかけた。

「どうであった?」

「へえ、あれからほどなく男が出て来ました。聖天町《しょうでんちょう》の裏長屋に住んでました。長屋の住人にきいたら欣次って名前だそうです」

「欣次か」

「詳しいことはきょう調べます」

「そうか。よくやった」

「いえ、とんでもない」

「では、あっしはさっそく」

「待て。多恵がそなたに用があるそうだ」

「なんでしょう」

「着物を仕立てたいそうだ。いや、わしのお下がりだが」

「ありがてえ。でも、今の仕事が終わってから頂戴《ちょうだい》いたします。これから、欣次のことを調べ、夜は三右衛門を見張りますので。多恵さまによろしくお伝えください」

そう言い、太助は勢いよく去って行った。多恵のがっかりする顔が脳裏《のうり》を掠《かす》め、思わずため息をついた。


剣一郎が出仕すると、宇野清左衛門に呼ばれた。

年番方の部屋に行き、清左衛門に声をかける。

「宇野さま。お呼びだそうで」

清左衛門はすぐ振り返り、

「郡代《ぐんだい》屋敷から返事がきた。早見藤太郎どのは今は元の小普請組に戻り、本所南割下水の屋敷に住んでいるそうだ。津軽越中守《つがるえっちゅうのかみ》さまの屋敷の西側にあるらしい」

「その後、御番入りは果たせなかったのですか」

「三年前に八州廻り《はっしゅうまわ》として盗賊の捕縛《ほばく》に行った際、右手に手傷を負い、そのことが小普請組に留まらざるを得なかった理由のようだ」

「そうですか。では、さっそく早見どのの屋敷に伺《うかが》いたいと思います」

「うむ」

「それから、例の件ですが」

剣一郎が切り出すと、清左衛門の表情がさらに厳しくなった。

「橋場にある材木問屋の寮を調べましたが、六月十日に作事奉行が訪れた形跡はありませんでした」

「そうか」

「ただ、大島さまが亡くなったと思われる家が見つかりました」

「ほんとうか」

「はい。浅茅ヶ原のそばに妾宅がありました。お蝶といううきれいな女が住んでおります。六月十日の夜、その家で騒ぎがあったようです」

剣一郎はきのうの経緯を話した。

「おそらく、お蝶を囲っているのは『高城屋』の三右衛門だと思われます。三右衛門は付届けの一環として、自分の妾を大島さまに差し出したのかもしれません」

「なんと」

「ただ、いま三右衛門やお蝶を問い詰めたところで、作事奉行がやって来たことは認めても、酒肴でもてなしただけと言い張り、酒を呑んでいるときに急に苦しみ出したなどと答えるでしょう。血まみれの件は否定するはずです。こちらにはまだ、それを突き崩す証《あかし》がありません」

「そうか。だが、大島さまが橋場の女の家で亡くなったのは間違いなさそうだな」

「はい」

「さすが、青柳どのだ。僅《わず》かな時間で、よくそこまで調べたものよ」

清左衛門は感心して言う。

「まだ、これからでございます」

剣一郎は頭を下げた。

昼過ぎに、剣一郎は編笠をかぶって本所南割下水にやって来た。

津軽越中守の屋敷の西側を歩き、小禄の御家人《ごけにん》の屋敷が並んでいる通りを歩く。早見藤太郎の屋敷はすぐわかった。

剣一郎は誰もいない門を入り、玄関に立った。

「ごめん」

編笠を外して声をかける。

しばらくして、元服《げんぷく》したばかりと思われる若い侍が出てきた。

「私は南町奉行所与力青柳剣一郎と申します。早見藤太郎どのにお取り次ぎを願いたいのですが」

「少々、お待ちください」

若い侍は奥に向かった。

早見藤太郎の嫡男《ちやくなん》だろうと思われた。

すぐ戻ってきて、

「どうぞお上がりください」

と、勧《すす》めた。

剣一郎は若い侍に刀を預け、あとに従った。

客間に通され、待つほどのこともなく、早見藤太郎がやって来た。

「青柳どの。お久しぶりでござる」

藤太郎は懐《なつ》かしそうに言い、向かいに腰を下ろした。

「その節はお世話になりました」

剣一郎は頭を下げた。

「青柳どののご活躍はいつも耳に入っている。それに比べ、私はこの手のせいで」

藤太郎は左手で右手を摑んだ。

「盗賊の捕縛のとき、手傷を負ったとか」

「三年前のことでござる。八州廻りとして盗賊捕縛に出向いた際、応援が遅れてな。このままでは盗賊を取り逃がしてしまうと思い、単身で踏みこんだのだ。盗賊の捕縛には成功したが、右手を斬られた。指が思うように動かなくなってな」

「そうでしたか」

剣一郎と同じような目に遭っているのだ。剣一郎も押込みの中に単身で斬り込んでいった。そのときに受けた頰の傷が青痣として残ったが、それは勇気と強さの象徴のように周囲からは思われた。

それに引き替え、早見藤太郎は手傷を負ったのが右手だったために、剣を持てなくなった。その後の運命の差は歴然としていた。

剣一郎は複雑な思いがした。

「ところで、青柳どの。何か私に？」

藤太郎が促《うなが》す。

「じつは、先日犯科帳《はんかちょう》を整理していて、十年前のかまいたちの万五郎の件を思いだしましてね」

「万五郎ですか」

藤太郎は遠い日を見るように目を細めた。

「太田宿でかまいたちの万五郎が焼死しましたね」

「せっかく追い詰めたと思ったのに、まさか焼け死ぬとは……」

「あのとき、焼死者は何人かいたのですか」

「三人ほどいたはずです。その三人のうちのひとりが、かまいたちの万五郎だった」

「どうして万五郎だと確かめられたのですか」

「体の特徴からです。それに、万五郎の財布を持っていた。無事に難を逃れた客はみな自分の名を名乗った。全員、当夜の客でした。いないのは万五郎と焼け死んだふたりだけでした」

「助かった客がどのような名だったか、覚えてないでしょうね」

「ええ、十年前のことですから」

ふと、藤太郎は怪訝《けげん》な顔つきになって、

「青柳どの、何かあったのでござるか」

と、きいた。

「いえ」

万五郎が生きていると言ったら、藤太郎はどんな顔をするだろうか。信じないであろう。

しかし、万五郎が生きていることを言わない限り、火事のことを詳しくきいてもおざなりな答えしか返ってこないはずだ。なにしろ、十年前のことなのだ。

「まさか。万五郎の死に何か疑いが？」

藤太郎は顔色を変えた。

「いいえ、そういうわけではありません」

万五郎が生きていることは口に出せなかった。正義感の強い藤太郎のことだ。事実を知れば、万五郎を捕らえようとするかもしれない。自分の失態《しったい》を取り返そうとするのではないか。

万五郎にはあのまま静かに余生《よせい》を送ってもらいたいのだ。やはり、よけいな真似をして、早見藤太郎に会いにくるのではなかったと後悔した。

だが、このままではかえって不審を募《つの》らせてしまうと思い、剣一郎は思いついたことをきいた。

「あの火事は付け火だったのですね」

「そう、付け火でした。でも、その火を付けた者はわからず仕舞《じま》いで。そのことだけが心残りでした」

「そうですね。わかりました。過ぎたことで、お訪ねして申し訳ありません」

「もう、お帰りですか。まだ、よろしいではありませんか」

「私もまだまだ早見どのとお話をしたいのですが、仕事の合間に寄っただけですので、今度改めてお邪魔いたします」

「必ずでござるぞ」

藤太郎は念を押した。

「はい」

またの再会を約束して、剣一郎は早見藤太郎の屋敷を出た。ふと、やはり万五郎が生きていることを言うべきだったのではないかという後悔が生まれたが、わざわざ引き返すことまでは出来なかった。

第三章 駆け引き

一

その日の夕方になって、井関一馬の屋敷の門を、久米卓之進が気難しい顔で入って来た。

平吉は中間《ちゅうげん》部屋から出て行って迎えた。

「一馬はいるか」

「いらっしゃいます」

平吉は答えてから、卓之進の顔つきが気になって、

「何かあったのですか」

と、きいた。

「俺のところに投げ文《ぶみ》があった」

「えっ？」

卓之進はさっさと玄関から上がり、奥に行った。

春三と欣次が中間部屋から出てきた。

「投げ文だって」

春三がきく。

「行ってみよう」

平吉は言い、庭木戸を抜けて、庭から一馬と卓之進が会っている部屋に向かった。

一馬と卓之進が額《ひたい》を集めていた。

「旦那《だんな》。投げ文に何が？」

平吉は濡縁《ぬれえん》の前に立ってきいた。

「見ろ」

一馬が文を投げた。

平吉は文を手にとった。

「牛松と清吉は冬木町《ふゆきちょう》の古道具屋『丹後屋《たんごや》』の離れだ。早くこのふたりを始末しないと、同心《どうしん》の探索が迫ってくる……」

平吉は文面を読んで、あっと声を上げた。

「やはり、植村って同心が本所に現われたのは、影法師が密告したからだ」

「どういうことだ？」

一馬がきいた。

「へえ、八卦堂殺しの探索で、南町の植村って同心が回向院周辺で聞き込みをしていたそうなんです」

平吉はその話をした。

「ふざけやがって」

一馬が吐き捨てた。

「俺たちが襲撃に失敗したことを知っていやがるんだ。どこかで、俺たちの動きを見ているのだ」

卓之進が憤然《ふんぜん》と言う。

「やらざるを得ませんね」

平吉は怒りを抑《おさ》えて言い、

「旦那。今夜、『丹後屋』の離れを襲いましょう」

と、訴えた。

「でも、ほんとうに『丹後屋』の離れにいるか確かめてからでないと」

春三が口をはさんだ。

「いや、影法師はちゃんとそのことを摑《つか》んだ上で言ってきているのだ」

一馬がいらだったように言う。

「影法師の掌の上で踊らされているようだ」

卓之進が舌打ちし、

「今夜、決行だ」

と、腹をくったように言った。


その夜の五つ(午後八時)、平吉は『丹後屋』の裏口に近づき、戸に手をかけた。やはり、びくともしない。

平吉は一馬たちが待っている暗がりに戻った。

「塀《へい》を乗り越えよう。そんなに高い塀じゃねえ。肩に乗れば、あの松の枝に摑まれる」

春三が塀の内側に見える松の樹を指さして言う。

「よし、俺が上がろう」

細身の欣次が進み出た。

「よし」

平吉たちは塀に近づいた。

「俺の肩に乗れ」

塀に手をついて春三が言う。平吉が手を貸す。欣次は、春三の肩に両足を乗せて立った。そして、手を伸ばし、松の枝を掴んだ。

あっと言う間に、欣次は塀の向こうに消えた。

平吉は裏口に急いだ。

やがて、閂《かんぬき》の外れる音がして戸が開き、欣次が顔を出した。

「よし、旦那を呼んでくる」

平吉は一馬と卓之進を呼びに行った。

ふたりは庭に入ってから覆面をした。平吉たちも頬被《ほおかむ》りをする。

それから奥に向かうと、明かりが漏《も》れてきた。平吉はひとりでそちらに向かう。離れの部屋の障子《しょうじ》が開いていた。

年寄と若い男が話し込んでいた。若い男は清吉。年寄は八卦堂のところにやってきた男だ。牛松だった。

　春三と欣次がやって来た。

「間違いない」

　平吉はふたりに言う。

　一馬と卓之進のところに戻り、

「牛松と清吉のふたりだけです」

と、伝えた。

「よし」

　一馬は頷《うなず》く。

「ふたりを同時に襲ってどちらかに逃げられるとまずい。どっちかが出て来るのを待とう」

　卓之進が慎重になった。

「いや、へたに待って状況が変わってもまずい。今、やろう。殺《や》ったらすぐ逃げるのだ」

　一馬は用心し過ぎて失敗することを恐れたようだ。平吉も同じ考えだった。牛松と清吉とは関わりが見えず、こっちに疑いが向くことはないだろう。だから、強引な手段に出てもいいと思った。

「まず、三人で押し込み、必ず牛松を仕留めるんだ。庭に逃げてきた清吉は我らが斬る」

一馬が手筈《てはず》を言う。

「わかりました」

平吉は春三とともに牛松に飛び掛かる。欣次は清吉を襲う。逃げたら庭で一馬と卓之進が待ち受けている。

きょうこそ必ずと、平吉は離れの部屋に向かい、濡縁に近づいた。そのとき、清吉が立ち上がり、濡縁に出た。

突き当たりにある厠《かわや》に入った。

「今だ」

平吉は濡縁に駆け上がり、ぎょっとしたように目を見開いた牛松に向かって、匕首《あいくち》の刃先を突き立てた。

鈍《にぶ》い手応えがあった。すかさず、春三も倒れた牛松の心ノ臓に匕首を突き刺した。牛松は悲鳴を上げてぐったりした。

呻《うめ》くような悲鳴に、清吉が厠を飛び出してきた。厠の前に欣次が待ち伏せていて、清吉の腹部に匕首の刃を突き刺した。

清吉は苦しげに顔を歪《ゆが》め、欣次の手首を摑んだ。

「てめえ、何者だ」

呻きながら、清吉がきく。

「放せ」

欣次が喚《わめ》く。

「清吉、てめえに恨《うら》みはねえが、死んでもらうぜ」

春三が匕首を構えた。清吉は腹に突き刺さった匕首を抜き、欣次を突き飛ばした。欣次が濡縁に倒れた。

春三の匕首が、動きの鈍った清吉の脾腹に突き刺さった。

「てめえら、何者なんだ?」

清吉が刺された腹を押さえながらきいた。

「頼まれたんだ」

「誰だ、頼んだのは誰だ?」

清吉は大きくよろめいた。

「わからねえ」

「わからねえだと」

「春三、さっさとやれ」

平吉が急かす。

「よし」

春三は脾腹に突き刺さった匕首を引き抜き、今度は心ノ臓目掛けて突き刺した。

清吉はくずおれた。

母屋《おもや》のほうでひとの声が聞こえた。悲鳴が届いたのかもしれない。

「よし、行こう」

平吉は声をかけ、春三と欣次とともに庭に飛び下りた。

「やったか」

一馬がきく。

「やりました」

平吉は答える。

「よし」

一馬も卓之進も裏口に向かって駆けた。平吉たちも続いた。

裏口を出て、五人ばらばらになった。

「俺は浅草に帰る」

欣次は言い、仙台堀に沿って駆けだした。

平吉と春三は木場に出て、途中で分かれた。

平吉は落ち着いてくるにしたがい、何の恨みもない牛松と清吉を殺したことで、なんとなく胸の辺りが重く感じられた。

ようやく竪川を越えた。

こんなことをさせやがってと、影法師に改めて怒りを覚えた。

屋敷に帰って、杓《ひしやく》で渇いた喉《のど》を潤《うるお》していたとき、脳裏《のうり》を先ほどの残像が掠《かす》めた。さっき裏口を出たとき、暗がりに誰かがいたようだ。

姿形《すがたかたち》はわからない。だが、影法師に違いない。様子を探っていたのだ。影法師に対する怒りで身が震えた。

物音がして、春三が帰ってきた。

「帰っていたのか」

「ああ」

「旦那たちは？」

「まだだ」

「そうか。でも、うまくいった」

「だが、因縁《いんねん》のない相手を殺すなんて後味が悪いぜ」

「仕方ねえ」

春三はため息混《ま》じりに言う。

土間にひとの気配がした。

「旦那」

一馬だった。

「誰にも気取《けど》られてはいないな」

「いません」

「久米さまは？」

「自分の屋敷に帰った」

「旦那、また出かけてきたいんですが。明日の朝、帰ります」

「女か。いいだろう」

春三がきく。

鷹揚《おうよう》に言い、一馬は玄関に向かった。

「亀戸か」

「そうだ。おめえもどうだ？」

「いや。俺はいい」

「きこうと思っていたんだが、おめえは女がきらいなのか」

「そうじゃねえ」

「ひょっとして、女で痛い目に遭《あ》っているな」

「…………」

「どうやら図星《ずぼし》のようだな」

「勝手に決めつけるな」

平吉は顔をしかめた。

「まあいいやな。じゃあ、俺は出かけるぜ。明日の朝だ」

そう言い、春三は出かけて行った。

お駒《こま》の顔が脳裏を掠め、苦いものが平吉の胸の辺《あた》りに広がった。

お駒は高崎《たかさき》の呉服問屋『上州屋《じょうしゅうや》』の娘だった。出入りの職人だった平吉と親しくなった。ふたりはひと目を避け、逢《あ》い引きを重ねた。きっとおとっつあんの許しをもらうからそれまで待ってくれと、お駒は平吉の胸で何度泣いたことか。

あるとき、平吉はやくざ者たちに襲われた。殴《なぐ》る蹴《け》るの末、最後にひとりの男が言った。

「二度と『上州屋』のお嬢さんの前に現われるんじゃねえ」

どういう意味かわからないまま、平吉は半月ほど寝込んでしまった。やくざが襲ってきたわけがお駒にあるのかと思うと、焦《あせ》った。

ようやく起き上がれるようになり、『上州屋』に行ったが、門前払《もんぜんばら》いを食らった。お駒も会おうとしなかった。

やがて、お駒と酒問屋の倅《せがれ》が祝言《しゅうげん》を挙げることになったと聞いた。平吉はなんとしてもお駒に会いたかった。親の都合で、いやいや酒問屋の倅に嫁《とつ》がされるなら助けなければならない。そう思った。

だが、『上州屋』に行って門前払いを食らった日の夜、再び平吉はやくざ者に襲われた。

前回と同じ兄貴分の男が『上州屋』のお駒の依頼だと言った。お駒がそんなことを言うはずない。どうしてもお駒に会うのだと、やくざ者に手向かった。匕首をとりだした相手に組み付き、もみあいの最中、匕首を奪《うば》って刃先を相手の喉に突き刺した。兄貴分の男は血を噴《ふ》いて絶命した。他の者は返り血を浴《あ》びて匕首をかざした平吉に恐れをなして逃げだした。仲間を呼びに行ったのだ。

平吉はその足で『上州屋』に行き、裏口から忍び込んだ。お駒の部屋に押し入ると、お駒は酒問屋の倅といちゃついていた。

お駒は平吉に気づくと、恐怖に引きつった目で、悲鳴を上げた。

「お駒さん、平吉だ。ふたりで誓った……」

そこにやくざ者の仲間が駆けつけてきた。

「この男をなんとかして」

お駒は絶叫した。

耳を疑いながらも、やくざ者たちに依頼したのはやはりお駒だったのだと察した。

平吉は、『上州屋』から逃げだし、そのまま土地を離れたのだ。

あのときの悲しみと怒りが込み上げてきた。

俺をこんな男に変えたのはあの女だ、といまだに癒《い》えない苦しみが胸の中で淀《よど》んでいた。

翌朝、平吉は屋敷を出て、冬木町に向かった。

古道具屋『丹後屋』の前に行く。大戸は開き、小僧が店の前を掃除《そうじ》していた。昨夜の惨劇の気配《けはい》は感じられない。

町方《まちかた》の調べは昨夜のうちに終わって、もうすることはないのか。棒手振《ぼてふ》りもふつうに『丹後屋』の勝手口に向かった。

平吉は仙台堀まで戻った。どうも腑《ふ》に落ちねえと、平吉は顎《あご》に手をやって考え込む。

昨夜、離れで牛松と清吉のふたりが殺されたのだ。『丹後屋』の者が気づかぬはずはない。

平吉はもう一度、『丹後屋』の前に行った。ちょうど、店から主人らしき風格の男が出てきた。四十ぐらいで、厳しい顔をしていた。

『丹後屋』の主人と牛松と清吉はどのような関わり合いだったのか。ただ、離れを貸していただけなのか。それにしたって、どういう縁で貸したのか。仲介する人間がいたのか。

『丹後屋』の主人が海辺橋《うみべばし》のほうに向かったのを見て、あとを尾《つ》けようかと思った。そのとき、誰かに見られているような気配に思わず辺りを見回した。

怪《あや》しいひと影は見えないが、平吉は用心して『丹後屋』の主人と反対方向に行った。尾けられている気配がし、急ぎ足になって亀久橋《かめひさばし》を渡って浄心寺《じようしんじ》の裏手に向かう。

裏口から境内《けいだい》を突っ切り山門《さんもん》に出て、本所の南割下水まで帰ってきた。

屋敷の門を入って、中間部屋に行くと、春三が帰ってきていた。

満ち足りたような顔で、

「どこか出かけていたのか」

と、春三がきく。

「『丹後屋』だ」

「そうか。たいへんな騒ぎだろう」

「いや、静かだ」

「静か？」

「昨夜の騒ぎなどなかったようだ」

「どういうことだ？」

「わからねえ」

平吉は首を横に振り、

「ただ、『丹後屋』の主人は厳しい顔で出かけた。あの表情は昨夜の件と関わりがあると思うのだが」

「『丹後屋』の主人も盗賊一味の仲間だったら、町方に踏み込まれたくないから亡骸《なきがら》を隠すかもしれねえな」

春三はふと何かを考えるように、

「今度は俺が行ってみよう。影法師の文には載っていなかったが、『丹後屋』の主人は牛松と清吉を匿《かくま》っていたんだ。何か関わりがあるはずだ」

「調べるにしても注意したほうがいい。『丹後屋』に行ったとき、誰かに見られているような気がした。相手だってこっちの正体《しょうたい》を懸命に探っているはずだ」

「わかっている。『丹後屋』の主人のことは俺に任せろ」

春三は自信に満ちた顔で言った。

「春三」

平吉は春三の顔をまじまじと見て、

「おめえ、昨夜、何かいいことあったな」

と、きいた。

「いや、そんなことはねえ」

そう言いながら、春三はにやついた。

「顔に書いてある。女と何か約束したのか」

「まあな」

春三は忍び笑った。

「ちっ、勝手にしろ」

平吉は苦笑しながら言ったが、ふと『丹後屋』の様子をまた思いだし、思わずあっと声を上げた。

「おい、牛松と清吉の亡骸が見つからなかったらどうなるんだ？」

「どうなるとは？」

「影法師だ。奴らも、俺たちがふたりを殺したことがわからないんじゃないか」

「…………」

「俺たちから影法師へは連絡のつけようがねえ」

「いや」

春三は平然として、

「案外とそうじゃないと思うぜ」

「どういうことだ？」

「影法師はわかっているってことだ。だんだん、影法師が見えてきた気がする」

春三は自信に満ちた口調になった。そんな春三がかえって不安に思えた。

二

その日の朝、剣一郎は太助とともに浅草聖天町にやってきた。欣次が住んでいる長屋の近くで立ち止まり、太助が長屋木戸に入って行った。

すぐに戻ってきた。

「まだ、いました」

「よし、しばらく待とう」

「へい」

昨日、太助は欣次のあとを尾けたが、吾妻橋を本所に渡り、石原町《いしわらちょう》に入ったあと見失ったのだ。

気づかれた気配はないと太助は言い、欣次は最初から尾行を警戒しているようだったと感じたという。

きょうはふたりで尾けることにしたのだ。

昨夜も『高城屋』の三右衛門は仲町の料理屋の寄合に行ったが、橋場には向かわなかった。

太助は昼は欣次を見張り、夜は三右衛門を見張っている。太助にだけ、負担を強《し》いては、と剣一郎も加わることにしたのだ。

太助の調べでは、欣次は特に仕事らしいことはしていないのに、金には不自由をしていない様子だという。

橋場のお蝶という女から小遣いをもらっているようだが、どうもそれだけではないようだ。

もうひとつの金づるがあるのではないかという太助の考えに、剣一郎も同じように思った。

「あっ、出てきました」

太助が言う。

欣次は木戸を出たところで左右を見た。なるほど用心深い。

欣次は花川戸から吾妻橋に向かい、橋を渡った。

太助は先に行き、橋の途中で欣次を追い越した。きのう見失った石原町に先回りをするのだ。

剣一郎は少し離れて欣次を尾けて行く。途中、何度か欣次は振り向くが、剣一郎は平然と歩く。

　橋を渡り切ってから、欣次は大川沿いを下流に向かった。剣一郎は途中、土手沿いの道を離れ、中之郷《なかのごう》の町中に入って石原町を目指した。

　石原町に先回りをしていると、やがて欣次が現われ、御竹蔵《おたけぐら》沿いを南に向かった。そのあとを太助が尾けて行く。

　剣一郎は武家地の通りを南割下水まで急いだ。御竹蔵沿いを進み、亀沢町まで出るのかもしれないと見当《けんとう》をつけたとき、欣次が南割下水沿いに曲がって来た。

　剣一郎は近くの武家屋敷の門を向いて欣次をやり過ごした。しばらくして、剣一郎は欣次のあとを目で追った。

　津軽越中守の屋敷を越えてほどなく、横の道に入り、とある小禄《しょうろく》の武家屋敷に入って行った。

　太助が駆けつけてきた。

「どなたのお屋敷でしょうか」

　太助は言い、

「あそこの辻番所《つじばんしょ》できいてきます」

　と、小走りになった。

太助はすぐ戻ってきた。

「井関一馬さまのお屋敷だそうです」

「井関一馬だな」

早見藤太郎の屋敷とは津軽越中守の屋敷をはさんだ反対側だ。近所でもあるし、同じ小普請組だ。藤太郎にきけば詳しいことがわかるかもしれない。

欣次は井関家とどのようなつながりがあるのだろうか。井関家の奉公人に親しい者がいるのだろうと思った。

「ちょっと中を見てきたいですね」

太助は残念そうに言う。

「欣次の行き先が摑めただけでも上出来だ。きょうは引き上げよう」

「もう少し、粘《ねば》ってみます。他にどんな男が出入りしているのか、探ってみます」

そう言ったとき、太助はあっと声を上げた。

「欣次がもう出て来ました」

欣次は竪川のほうに向かった。

「あっしは欣次のあとを尾けます」

「十分に気をつけてな」

「はい」

欣次のあとを尾けて行く太助と別れ、剣一郎は竪川にかかる二ノ橋《にのはし》を渡り、北森下町《きたもりしたちよう》を通って小名木川に出て、川沿いを大川のほうに向かった。

それから佐賀町を通って永代橋《えいたいばし》に向かう途中、岡《おか》っ引《ぴ》きを見かけた。定町廻《じようまちまわ》り同心の田坂元十郎《たさかげんじゆうろう》から手札《てふだ》をもらって、この界隈《かいわい》を取り仕切っている、作蔵《さくぞう》という男だ。

若い女が作蔵に何か訴えている。二十二、三の年増《としま》だが、うりざね顔で富士《ふじ》額《びたい》の艶《つや》っぽい女だ。

「絶対に何かあったんです。誰かに付け狙われていると言っていたんです」

「まだ、日が浅い。もう少し待て」

作蔵がなだめる。

「そんなこと言って何かあったら……」

女は血相《けつそう》を変えている。

作蔵が閉口《へいこう》しているようなので、剣一郎は近づいて行った。

「どうしたんだ?」

編笠《あみがさ》を上げてきく。

「青柳さま」

作蔵は姿勢を正して、

「申し訳ございません、とんでもないところを」

と、うろたえた。

「なにやら穏《おだ》やかならざる話が聞こえてきたが?」

剣一郎は女を見た。

「えっ、青痣与力《あおあざよりき》の青柳さまですか」

女が剣一郎に顔を向け、

「私は仲町の『ひら沢《さわ》』という料理屋の女中のはるでございます」

と、はきはきとした口調だ。

「おはるさんか。いったい、どうしたと言うんだ」

剣一郎は穏やかにきく。

「客の男がいなくなったそうなんです」

作蔵が口をはさむ。

「誰がいなくなったのだ?」

「小間物屋の清吉さんです」

おはるが答える。

「まだ、二日ぐらいでは」

作蔵が苦笑して言う。

「いえ、だって私と今朝《けさ》、会う約束になっていたんです」

「すっぽかされたんじゃねえのか」

作蔵は冷たく言う。

「だって、清吉さんから頼まれたことで、今朝、八幡《はちまん》さまの鳥居の前で待ち合わせたんですよ。でも、半刻（約一時間）待っても来なかったんです。だから、そこの八兵衛店に清吉さんを訪ねたんですよ。そしたら二日前から長屋に帰っていないようなんです」

「長屋に帰っていないのは誰からきいたのだ？」

剣一郎はきく。

「隣のおかみさんです。大家さんもそう言ってました」

「どこに行ったのかわからないのか」

「何も言っていなかったそうです」

「最近、清吉と会ったのはいつだ？」

「きのうの昼間です」

「どこで？」

「お店です。そのとき、用を頼まれて、それで今朝、八幡さまで会う約束をしたんです。清吉さんには大事なことですから約束を破るなんて考えられません」

「だが、よんどころない事情が出来て、来られなくなったのではないか」

「それならいいんですが……」

おはるは眉根《まゆね》を寄せ、

「きのう、今朝の約束をしたとき、清吉さんの住まいに行きますからって言ったら、妙な奴につきまとわれていると言っていたんです。ほんとうに、二日前から清吉さんは長屋に帰っていないみたいなんです」

「清吉の頼みごととはなんだ？」

剣一郎は確かめる。

「それはちょっと」

おはるは口を濁《にご》した。

「なんでえ、言えねえのか」

作蔵が口元を歪めた。

「だって、誰にも言わないでくれって。商売に差《さ》し障《さわ》りがあるといけないからって」

「言えないのなら仕方ないが、その頼まれごとは清吉にとっては大事なことだったのか」

「そうみたいです。そう言ってました」

「なんでえ。清吉が言っていただけか。ほんとうに大事な用かどうかはわからねえな」

作蔵は突き放すように言う。

「ほんとうです」

おはるはむきになった。

「二日前から長屋にいないのなら、別の場所に泊まっているはずだが、どこか手掛かりはないのか」

剣一郎も何か異変を感じた。

清吉はおはるを弄《もてあそ》んでいるわけではなさそうだ。

「そなたと清吉はどういう間柄だ？」

「『ひら沢』のお客さんですが、ときどき外で会って……」

おはるは俯《うつむ》いた。

「わかった。作蔵」

「へい」

「清吉のことを調べてみるのだ」

「でも、案外と今夜あたり、こっそりと現われるんじゃないですか」

「それならそれでいい。ともかく、清吉のことを調べたほうがいい」

「わかりました」

作蔵は素直に応じ、

「おはる、調べてあとで知らせてやるから」

と、おはるに言う。

「青柳さま、ありがとうございます」

おはるの礼の言葉を聞いて、剣一郎は永代橋に向かった。


それから半刻足らずで、剣一郎は奉行所にやってきた。

脇門から入って玄関に向かう途中で、同心詰所から出てきた京之進と会った。

「青柳さま」

「例の易者《えきしや》殺しはどうなっている?」

「皆目《かいもく》わかりません」

京之進は顔をしかめ、

「殺された八卦堂にこれといった揉《も》め事はなく、ひとから恨まれている様子もありません。毛深い大柄な男ふたりが八卦堂と揉めていたという訴えも、ほんとうだったかどうか。ただ。そのことと関わりがあるのかわかりませんが、ちょっと妙なことが……」

京之進は困惑しながら、

「神田岩本町の翫右衛門店に住む牛松という年寄が、八卦堂が殺された次の日から姿が見えなくなったそうなんです。牛松は占《うらな》いが好きらしく、よく八卦堂のところに行っていたようで. 八卦堂が殺された日の昼間も明神下までやって来ていたそうです」

「姿が見えないというのは間違いないのか」

「はい。姿を消したことと関わりがあるのかどうかわかりませんが、長屋の住人の話だと、遊び人ふうの男が牛松の様子を探っていたようだと言ってました」

「遊び人の特徴は？」

「二十四、五のちょっと苦み走《にがばし》った顔の男だったようです」

とっさに欣次の顔が脳裏を掠めたが、別人であろうと思った。

「京之進」

「はっ」

「関わりがあるかどうかわからぬが、深川佐賀町の八兵衛店に住む清吉という男が、やはり二日ほど前からいなくなっているそうだ」

「なんですって」

剣一郎はその事情を説明し、

「作蔵という田坂元十郎の手先が調べている。仲町の『ひら沢』の女中おはるが不審を訴えているのだ。念のために調べてみたほうがいいかもしれぬな」

「わかりました。さっそく」

京之進は頭を下げて去って行った。

剣一郎は与力部屋に行き、風烈廻り同心の礒島源太郎と大信田新吾に声をかける。

「これからか」

「はい」

源太郎が答える。

「見廻りで、特に問題はないか」

「はい。ございません」

新吾が答えた。

「そうそう、青柳さま」

源太郎が思いだしたように言う。

「いつぞや、池之端仲町で鬢《びん》の白い痩《や》せた年寄を見かけ、青柳さまはその年寄のあとを尾けて行かれましたね」

「うむ、万助だ。それがどうかしたのか」

「はい。神田同朋町《どうぼうちょう》に『城田屋《しろたや》』という古着屋があります。その『城田屋』の家人用の戸口から、その万助が若旦那らしきひとに見送られて出てきました。さっぱりした姿で見違えましたが、杖《つえ》をついていたので間違いないと思います」

源太郎は言葉を切り、

「失礼ながら、あのような男が身形《みなり》を整えて『城田屋』を訪れたことがちょっと気になりましたので、余計なことと存じながらお話を」

「そうか、『城田屋』か」

「えっ？」

「いや、すまん」

剣一郎はあわてて言い、

「じつは万助の孫娘が大店《おおだな》の若旦那に嫁《とつ》ぐことになったらしい。大店の名は聞いていなかったが、『城田屋』だったのかと思ってな」

「そうでしたか。それで安心しました。以前見かけたときとあまりに身形が違っていましたので……」

「そうだの、おそらく、孫娘の嫁ぎ先を訪れるので身形に気を使ったのであろう」

「では、我らは見廻りに」

「ご苦労」

ふたりが与力部屋を出たあと、ふと『城田屋』がある神田同朋町について思いが向いた。そこは明神下だ。

偶然か。不可思議な一致に気づき、剣一郎はにわかに胸が騒ぎだした。

三

その日、夕方になって、平吉と春三は屋敷に戻ってきた。

一馬の部屋に行くと、卓之進が来ていた。

「どうだった？」

「騒ぎはありません」

春三が答える。

「やはり、『丹後屋』の者がふたりの死体を隠したのか」

「そうとしか考えられません」

平吉は答える。

「なんのために、そんな真似《まね》をしたんだ」

卓之進が戸惑い気味に呟《つぶや》く。

「丹後屋も仲間だからですよ」

春三が口元を歪め、

「おそらく、あそこが盗《ぬす》っ人《と》一味の本拠なんじゃありませんか。そこに町方が入ってこられちゃ困るからでしょう」

「おそらく、ふたりの死体をどこかに捨てたんでしょう。十万坪《じゅうまんつぼ》や新田のほうなら死体を隠す場所に困りませんから」

平吉も応じる。

「ちくしょう。そんなことされたら影法師もわからぬではないか」

卓之進がいらだった。

「旦那、相談なんですが」

春三が切り出す。

「なんだ？」

一馬が憂鬱《ゆううつ》そうな顔を向けた。

「へえ。このままじゃ、影法師は牛松と清吉を殺ったことに気づきません。それに気づいたって、あと『深酔』の権蔵と師範代の松永左馬之助を殺らねばなりません」

「これからは向こうも用心して、ますます殺るのは難しくなります。特に松永左馬之助はかなり腕が立ちそうではありやせんか」

「うむ、昼前に欣次がやって来たので、松永左馬之助のことを調べるように命じた。おそらく、手強い相手だろう。しかし、俺と卓之進がふたりでかかれば斃《たお》せる。俺はそんなに心配していない」

一馬は強がりを言った。

「そうでしょうが、万が一ってこともあります」

春三は異を唱《とな》えるように、

「牛松と清吉の死体を隠されたのはいいきっかけです。この際、丹後屋と手を組んで影法師をやっつけるほうが、あとあともいいんじゃないですかえ。そうじゃないと、ずっと影法師に弱みを握られたままです」

と、膝を進め、

「旦那。どうですかえ」

「いくら影法師に脅《おど》されたとはいえ、一味の三人の命を奪っているんだ。許すはずがない。かえって、こっちの素性《すじょう》が明らかになってしまうだけだ」

卓之進が反対した。

「卓之進の言うとおりだ。丹後屋がどの程度の男かわからぬが、危険だ」

一馬も否定した。

「旦那」

平吉が口を入れた。

「仰るように丹後屋がどんな奴かわからねえ。まず『深酔』の権蔵と話してみたらどうですね。この件で、権蔵に近づき、場合によってはその場で権蔵を殺ってもいい。権蔵の前に顔を晒すのはあっしと春三だけです。万が一のときも、旦那たちの正体はばれません」

一馬が考え込むように顎に手をやった。

「どうだ、卓之進」

しばらく経って、一馬は卓之進の顔を見た。

「そうだな。権蔵を介してやりとりをすればいいかもしれぬな。一馬がよければ、そうしよう」

「よし。では、おまえたちに任せる」

「へい」

春三が答えたとき、玄関で音がした。

「投げ文だ」

平吉はすぐ立ち上がり、玄関に向かった。

式台の上に小石を包んだ紙切れが落ちていた。

平吉は拾って、そのまま一馬に届けた。

一馬は紙切れを開いた。

文を読んで、一馬の顔色が変わった。

「なんて書いてあるんですかえ」

春三がきく。

一馬は卓之進に紙切れを渡してから、

「牛松の亡骸は十万坪に埋められた。清吉は傷は深いが息はあり、『丹後屋』の離れで養生しているそうだ。それより、影法師はこんなことを言ってきた」

平吉は息を詰めて、一馬の次の言葉を待った。

「もうこれで十分だ。あとは松永左馬之助を殺ればすべて終わりだ。そう書いてある」

「あとは松永左馬之助だけだと言うんですかえ」

平吉は意外な思いできいた。

「そうだ」

卓之進が読み終えて文を寄越《よこ》した。

春三がひったくって目を通す。

「旦那、どうしますね」

平吉は確かめる。

「松永左馬之助を倒したところで、影法師はずっとあっしたちを支配し続けますぜ」

「だが、丹後屋のほうも、こっちの言い分を聞くかどうかもわからない」

一馬が渋い顔で答える。

そこに庭のほうから欣次がやってきた。

濡縁から上がって来て、

「松永左馬之助を調べてきました」

「よし、聞こう」

卓之進が声をかける。

「へい。道場の武者窓《むしゃまど》から見物している行商の男と、道場から出てきた門弟に話を聞いてきました。松永左馬之助は四十歳。長身で痩せた侍《さむらい》です。腕はかなり立ちますが、大酒ぐらいだそうです。道場の稽古《けいこ》が終わったあとは、離れの自分の部屋でいつも酔いつぶれるまで呑んで、そのまま寝てしまうそうです」

「丹後屋のほうとのつながりは？」

「そこまではわかりません。ですが、寝入りばなを襲えば、斃すのはそんなに難しくないようですぜ」

「そうか」

卓之進はにやりと笑ったが、

「松永左馬之助は容易《ようい》に斃せそうだが、平吉たちが言うように、影法師の強請《ゆすり》がそれで終わるとは限らぬ。かといって、丹後屋のほうがどう出るかもわからん」

「両面でいこう」

一馬が応じた。

「それしかないか」

卓之進も同じ考えを示した。

「待っていても仕方ねえ。これから、権蔵に会って感触を確かめてきます」

平吉は腰を上げた。

「俺も行く」

「待て。ふたりとも顔を晒すのは考えものだ」

一馬が引き止めた。

「万が一のことを考えて、金で誰かにやらせたらどうだ」

「いえ、こっちは受けいれてもらいたいんですから、顔を晒しますよ。そうじゃねえと、こっちの心が向こうに伝わりません」

「そうだな」

一馬はすぐ自分の考えを引っ込めた。

「ただ、旦那たちの名は出しません。あくまでも、あっしと春三が中心となっているると言います。実際、八卦堂や牛松、清吉を襲ったのはあっしらふたりですから」

「よし、いいだろう」

一馬はふたりに任せるように言った。

部屋の中が薄暗くなってきた。一馬が手を叩くと、女中代わりに置いている若い女が顔を出した。

「行灯《あんどん》に灯《ひ》を」

「はい」

女は気だるそうに立ち上がり、行灯に向かった。

「『深酔』が客で混み合う前に、権蔵に会ってみます。行こうか」

「気をつけろ。影法師の一味が見張っているようだから」

一馬が注意をした。

屋敷を出たところで、平吉と春三は辺りを見回した。怪しいひと影はなかったが、ふたりはそれぞれ左右に分かれた。

別の道を通って小名木川にかかる高橋を目指した。

平吉は、大川のほうから小名木川沿いを、高橋の南詰めにある『深酔』に向かった。春三は反対側から来るはずだ。

『深酔』は、ちょうど小女《こおんな》が暖簾《のれん》をかけたところだった。

「邪魔するぜ」

平吉は出されたばかりの暖簾をくぐった。

「いらっしゃいまし」

小女が愛想《あいそ》よく迎えた。

平吉が小上がりに座ったとき、春三が入ってきた。

「姉さん、すまねえな。亭主の権蔵さんを呼んでくれねえか。大事な用だって言ってな」

平吉は小女に言う。

「はい」

小女はすぐ奥に行った。

四十前後と思える男がやってきた。鋭《するど》い顔つきをしている。

「何か」

権蔵が警戒ぎみに近づいてきた。

「権蔵さん、込み入った話があるんだ。二階に上げてもらえねえか」

平吉が口を開く。

「おまえさんたちだね」

権蔵の目が鈍く光った。こっちの正体がわかったようだ。

「なぜ、あんな真似をしたんだ？」

「そのことで話し合いがしたいんだ。直に丹後屋さんと話すより、おまえさんを介したほうがいいと思ってな」

「…………」

「どうだえ、俺たちは敵対しようとしてきたんじゃねえ。話し合いたいんだ」

「わかった。二階に行け」

「その間に仲間を呼びに行くってのはなしだぜ」

「そんなことはしねえ」

「よし」

平吉と春三は立ち上がり、板場の奥の梯子段《はしごだん》を上がった。

権蔵もすぐ上がってきた。

小部屋で向かい合うなり、権蔵が目を剝《む》いて言った。

「八卦堂や牛松を殺したのはおめえたちだな」

「これにはわけがあるんだ」

平吉が答える。

「わけだと」

権蔵は片頰を歪めた。

「そうだ。じつは俺たちは影法師と名乗る者に弱みを握られ、八卦堂らを殺せと命じられたんだ。殺らないと、俺たちがやばいことになっちまう」

「ふざけるな。ひとを殺しておいて、脅されて殺ったなどという言い訳が通ると思っているのか」

権蔵は激しく言う。

「ほんとうだ。これを見てくれ」

春三が、懐から最後に届いた影法師の文を取りだした。

権蔵はそれを見て、顔色を変えた。

「牛松の亡骸は十万坪に埋められた。清吉は傷は深いが息はあり、『丹後屋』の離れで養生してると影法師は言ってきた。こんな調子で、今まで文を寄越したんだ。言うことをきかなければ俺たちは破滅《はめつ》だ。だから従わざるを得なかったんだ」

「これが本物だという証《あかし》があるのか」

権蔵が冷笑を浮かべた。

「そうじゃなければ、危険な思いをして権蔵さんに会いに来ねえ。最初に届いた殺す連中の名には八卦堂たちと並んで、権蔵さんの名もあったんだ」

「それでここを知ったと言うか」

「そうだ」

春三は答えてすぐ、

「権蔵さんたちが何者だとか、権蔵さんの仲間を始末したいとか、そんな気持ちはねえ。ただ、影法師の正体を知りたいのだ」

「影法師は、権蔵さんたちと対立している者たちじゃありませんかえ」

平吉が口をはさむ。

「どうでえ」

春三が迫る。

「俺たちの仲間を殺そうとする連中に心当たりはない」

「隠さないで教えてくれませんか」

「俺が知る限りはいねえ」

権蔵はきっぱりと言った。

「そんなはずはねえ。いるはずだ。俺たちの共通の敵じゃありませんか」

「…………」

「あっしらは『丹後屋』の旦那がお頭《かしら》ではないかと思ってます。どうか、今の話を『丹後屋』の旦那にしてもらえませんか」

平吉が頼む。

「どうして、『丹後屋』の旦那がお頭だと思うのだ?」

権蔵が反論した。

「だって、牛松と清吉を離れに匿《かくま》い、死んだ牛松の亡骸を始末したり、やることにそつがない。お頭だから出来るんじゃないかと」

「そうか」

　権蔵は素直に引き下がった。

「権蔵さん、どうですね」

　春三が確かめる。

「話はわかった」

　権蔵は顔をしかめて言う。

「じゃあ、『丹後屋』の旦那に話を通して」

「待て。話してみるが、手下をふたりも殺され、ひとりは重傷を負った。この落とし前をどうつけるつもりだ」

「それは影法師に脅されてやったんですから」

「お頭は、そんなこと関係ないって言うかもしれねえぜ。そんな仇《かたき》のような連中と手を組めると思うか」

「じゃあ、どうしたら？」

「まあいい。お頭に話しておく。返事は明日だ」

「わかった。じゃあ、ここで」

「よし、五つ（午後八時）だ。裏口から入れ」

「そのあと、尾けてきてあっしたちを襲おうとしても無駄ですぜ。あっしらにも仲間がいますからね」

「そんなことはしやしねえ」

「そうですかえ。まあ、信じましょう」

「じゃあ、下が賑《にぎ》やかになってきたから先に下りるぜ」

権蔵が立ち上がるのと同時に、平吉と春三も立ち上がった。

『深酔』から平吉が先に出た。すでに外は暗くなっていた。来たときと同じ道を逆に歩きはじめたが、ふと誰かに見つめられているような気がした。

権蔵が仲間を呼んでいたのか、あるいは影法師か。平吉は用心しながら歩き、暗がりにさしかかると、懐に手を入れ、匕首を摑んだ。

だが、襲撃されることなく、平吉は屋敷に帰りついた。遅れて、春三も帰ってきた。

「平吉、権蔵が話していた落とし前だが」

中間部屋に入ってくるなり、春三が言った。

「道々、考えたんだが、あの連中は盗賊に違いねえ。だとしたら、八卦堂や牛松、それに清吉が欠けて困るのは頭数の問題だろう。大きな仕事にかかる前だったとしたら……」

「俺たちが押込みに加わるのか」

春三の言いたいことがわかって、平吉は憤然と言う。

「そうだ。それがもっともいい落とし前のつけかただ」

平吉は反発しようとしたが、すぐ思い止まった。それしかないかもしれないと、平吉は深いため息をついていた。

四

夜になって、八丁堀の剣一郎の屋敷に太助がやってきた。

庭先に立った太助が剣一郎に話しはじめようとしたら、多恵がやって来て、

「太助さん、夕餉《ゆうげ》はまだでしょう。お話の前に召し上がりませんか。おまえさま、いいでしょう」

と、声をかけた。

「そう言えば、腹の虫が鳴いたな」

剣一郎は太助の顔を見た。

太助は腹を押さえながら、

「だいじょうぶです」

と言ったそばから、また腹の虫が鳴いた。

「太助、食べて来い」

「いいんですかえ」

「いいも悪いもない。早く食って来い」

「へい」

太助は庭から台所に向かった。

多恵はにこにこと笑いながら、台所に向かった。太助が来ると、ほんとうに多恵はうれしそうだった。

初秋の夜風が心地よい。月影さやかで、こおろぎの鳴き声も心を和《なご》ませる。だが、月が叢雲《むらくも》に隠れ、辺りがさっと刷《は》いたように暗くなった瞬間、万助のことが脳裏を掠め、剣一郎は思わず胸が詰まった。

礒島源太郎によると、神田同朋町の古着屋『城田屋』から、万助が若旦那に見送られて出てきたという。

おそらく、孫娘のおなみが嫁ぐ大店が『城田屋』なのだろう。それだけなら、なんら問題はなかった。

だが、そこは先日殺された大道易者の八卦堂が、毎日商売に出ていたところなのだ。

そのことと思い合わせ、剣一郎は明神下に行ってきたのだった。

すると、八卦堂が商売をしていたという場所から『城田屋』が正面に見えるのだ。

さらに不可解なことに、神田岩本町の甑右衛門店に住む牛松という年寄が、八卦堂が殺された次の日から姿が見えなくなったという。牛松はよく八卦堂のところに行っていたようだ。

気になるのが、そこから『城田屋』が見えることだ。牛松は占ってもらうために八卦堂のところに行っていたのか。

ほんとうは『城田屋』を見るためだったのでは……。そう考えてしまう理由が万助だ。万助は十年前まではかまいたちの万五郎という盗賊の頭だった。殺生《せっしょう》はせず、押込み先で怪我をさせたこともなかったが、盗賊には変わりない。

今ではすっかり改心し、生まれ変わっておなみといっしょに暮らしている。だが、本人が堅気《かたぎ》になったとしても、周囲が許すだろうか。

万五郎は太田宿で焼死したことになっている。だが、剣一郎も万五郎に気づいたのだ。だとしたら、他にも万五郎だと気づいた者がいたとしても不思議はない。

それが昔の仲間だったとしたら……。

だが、そうだとしたらなぜ八卦堂は殺されたのか。

「お待たせしました」

太助が庭から戻ってきた。

「十分に食べてきたか」

「はい。給仕の女中さんが驚いていました」

「そうか」

「青柳さま」

庭先に立ったまま、太助は語りだした。

「あれから欣次は、本郷三丁目にある一刀流四方田伊兵衛剣術道場に行きました」

「剣術道場とな」

「はい。欣次は、武者窓から見物していた行商の男に何か話しかけていたので、あとからその男に何をきかれたのか、きいてみました。そしたら、道場の師範代、松永左馬之助という男のことをきいていたそうです。松永左馬之助がどのくらい強いのかとか……」

さらに、太助は続ける。

「門弟にも声をかけていたので、その門弟からもきいてみました。どこに住んでいるのかとか、独り身なのかとか……」

「松永左馬之助どのか」

剣一郎はその名をどこかで聞いたことがあるような気がしたが、思いだせない。似たような名の侍がいたのかもしれない。

「それから欣次は引き上げました。屋敷に帰ったのを確かめてから、あっしは深川の『高城屋』に行きました。でも、主人の三右衛門は仲町の料理茶屋に行ったので、今夜も橋場には行かないと思い、そのまま引き上げてきたのです」

「そうか。疲れたろう」

「なあに、だいじょうぶです」

そうは言いながら、太助はときおり膝を揉んだりしていた。

「太助、立っていないでここに座れ」

剣一郎は、濡縁に腰を下ろすように勧《すす》める。

「そうですかえ。じゃあ、失礼します」

「朝から歩き通しで、たいへんだったな」

「猫の蚤取《のみと》りや猫捜しの仕事で、いつも同じくらい歩いていますから」

太助は元気に言う。

「しかし、ひとを尾けるのは疲れも違うだろう。今夜はゆっくり休むことだ」

「はい。でも、平気ですよ」

太助は自信たっぷりに言い、

「三右衛門は明日はきっと橋場に行くと思います。ですから、明日は橋場で待ちます。それから、昼間は井関一馬さまの屋敷を見張ってみます。たぶん、橋場で欣次といっしょにいた男も、あの屋敷に出入りしているにちがいありませんから」

「太助がいてくれて助かる」

「いえ。まだまだ文七《ぶんしち》さんのようにはいきません」

文七は多恵の腹違いの弟だ。最近まで剣一郎の手先として働いてきた。何ごとにも対応出来る頭の柔らかさと才覚があった。

ところが、多恵の弟の高四郎《こうしろう》が病死し、跡継ぎを失った多恵の父湯浅高右衛門《ゆあさこうえもん》は、外の女に産ませた文七を養子にしたのだ。

今、文七は武士としての道を歩みはじめていて、その文七に代わって太助が剣一郎の前に現われたのだ。

「いや、文七に負けないくらい、そなたもよくやってくれている」

剣一郎が言うと、太助は嬉しそうに笑った。

「じゃあ、あっしはこれで」

太助は元気よく引き上げて行った。

多恵がやって来たが、すでに太助は引き上げたあとだった。


翌日の昼過ぎ、剣一郎は編笠をかぶって、池之端仲町にある万助の家に行った。

格子戸《こうしど》を開けると、孫娘のおなみが風呂敷包を持って土間に下り立ったところだった。

「出掛けるのか」

「はい、じっちゃんはいます。少々お待ちください」

おなみは部屋に戻った。

すぐ戻って来て、

「どうぞ」

と、上がるように勧めた。

「すまない」

編笠を土間に置き、腰から刀をはずして右手に持ち替え、剣一郎は坪庭の見える部屋に行った。

この前と同じように、万助が左足を投げ出すようにして座っていた。

「青柳さま。さあ。どうぞ」

万助が座を勧める。

「じゃあ、私は出かけてきます」

声をかけ、改めておなみは戸口に向かった。

「祝言の支度は進んでいるのか」

「へえ。おかげさまで」

万助は笑みを湛《たた》えて言う。

「先日会ったときより、顔色もよいな」

万助は晴々《はればれ》とした表情をしていた。この前は、何か屈託《くったく》がありそうに感じられたが、今はそれがない。

悩みから解放されて安堵《あんど》しているように思えた。やはり、自分の考えは外れていないのかと、剣一郎は慎重になって、

「そういえば、おなみの嫁ぎ先を聞いていなかったが、差し支《つか》えなかったら教えてもらえぬか」

「はい。神田同朋町にある『城田屋』という古着屋です」

やはり、『城田屋』だった。

「あそこの大旦那もおなみを気に入ってくださり、身分の差など気にせずに息子の嫁にふさわしいと喜んでくださいました」

万助は目を細めた。

「かといって、あっしの昔を知ったら、気持ちも変わってしまいましょう」

「心配いたすな。わしは誰にも言わぬ。万五郎は業火《ごうか》の中で息絶え、そなたは万助として生まれ変わったのだ」

「ありがとうございます」

「ところで、そなたのことを知っているのはわし以外に誰かいるのか」

「いえ」

答えまで半拍《はんぱく》の間があった。

「知っている者は誰もいないのだな」

「はい」

「間違いないな」

剣一郎は念を押す。

「なぜ、そのようなことを？」

万助は怪訝《けげん》そうにきいた。

「そのことを知った者が、『城田屋』に知らせるといって、そなたを脅すこともないとはいえないと思ってな」

「それはだいじょうぶです。青柳さまも御存じのように、あっしの仲間は皆捕まり、死罪になったり、遠島《えんとう》になったりしています」

「我らの知らない下っ端がいたのではないか」

「いえ、おりません。仮に、いたとしても今のあっしを見て万五郎だと見抜くなんて考えられません」

「そうか、それならよい」

そう思うと、いよいよ剣一郎の想像が真実味を増してくるのだが……。

「つかぬことをきくが」

剣一郎はさりげなく切り出す。

「そなたは、『城田屋』に顔を出したことはあるのか」

「はい、何度か」

「通りをはさんだ『城田屋』の向かいの神田明神参道の脇で、大道易者の八卦堂が商売をしていたのだが、覚えているか」

「そういえば、易者がおりました」

万助は目を細めた。

「その易者が殺された。知っているか」

「いえ、知りません、そんなことがあったのですか」

「うむ」

「下手人は捕まったんですかえ」

万助の目が鈍く光った。

「いや、まだだ」

「そうですかえ」

「ただ、わしはその八卦堂という易者に引っ掛かることがあるのだ」

「と、仰《おつしや》いますと」

「八卦堂が商売をしていた場所から、『城田屋』がよく見えるのだ」

「………………」

万助の表情が微《かす》かに変わった。

「八卦堂のところに、牛松という年寄がよく占ってもらいに来ていたそうだ。その牛松も八卦堂が殺されたあと、姿を晦《くら》ましている」

「………………」

「万助」

「はい」

剣一郎の呼びかけに、万助の体が驚いたようにぴくりとした。

「そなたの昔の勘から、八卦堂について何か感じなかったか」

「何かと仰いますと？」

「八卦堂は『城田屋』の様子を探っていたのではないかと思ったのだ。どうだ？」

「申し訳ございません。私は易者が出ているると思っただけで、よく見ていたわけではありません」

　万助は強く否定した。

「何も感じなかったか」

「はい」

「ところで、材木問屋の『高城屋』を知っているか」

「名前は知っています」

「主人の三右衛門は？」

「知りません。何か」

「いや、なんでもない。しかし、そなたが元気そうでなにより。この前は少し屈託がありそうな顔つきだったが、今は晴々とした顔になっている」

「………」

「邪魔をした」

　剣一郎は立ち上がった。

　万助は黙って軽く頭を下げた。

　剣一郎は池之端仲町から上野山下を経て、稲荷町を通り、雷門《かみなりもん》前から吾妻橋の袂《たもと》を左に折れ、花川戸、今戸と過ぎて橋場にやってきた。

その頃からだいぶ辺りは暗くなっていた。剣一郎はお蝶の家の前を通ったが、太助はいないのか、行き過ぎたあとも現われなかった。

剣一郎は大川に向かった。橋場の渡し場に近づくと、案《あん》の定《じょう》太助が現われた。

「こっちにいたのか」

「はい。舟で来ると思いましたので」

「陽《ひ》が落ちると肌寒くなったな」

「きょうは特に川風が冷たいように感じられます」

ふたりは、橋場の渡し場から少し離れたところに立っている樹の陰に身を寄せた。

「井関どのの屋敷はどうだった?」

「遊び人ふうの男がふたり、あの屋敷にいました。近所の屋敷の中間にきいたら、そのふたりは井関家の奉公人だと言ってました。若党《わかとう》か中間のはずなのに、いつも着流しでいるそうです」

「つまり、中間の役割を果たしていないということだな」

「井関一馬という御家人《ごけにん》は屋敷に女郎《じょろう》のような女を連れ込んだり、昔は賭場《とば》を開いたりと、いい噂《うわさ》はないということでした」

「そうか」

無役で、金もなく、自堕落《じだらく》な暮らしを送っている不良御家人のひとりかもしれないと思った。

「そうだ、もうひとつ。遊び人ふうのひとりが、やはり欣次といっしょにいた男でした」

「そうか」

「あっ、舟が」

太助が大川に目をやった。

猪牙舟《ちょきぶね》が橋場の船着場にやって来る。川は暗くなっていて、顔はわからない。男がひとり乗っている。やがて、舟は桟橋《さんばし》に近づいた。

「三右衛門です」

太助が叫んだ。

「うむ」

剣一郎も舟の男を確かめた。

『高城屋』の三右衛門は桟橋に上がって、急ぎ足になった。

「それでは」

太助はあとを尾けた。

遅れて、剣一郎も太助のあとを追う。

町中を抜け、浅茅ヶ原のほうに向かう。お蝶の家に行くのは間違いないと思われた。

太助が荒物屋の脇で立ち止まった。剣一郎が追いつく。

「やっぱり、入って行きました」

太助がお蝶の家を見つめながら言う。

「これではっきりしたな。六月十日の夜、三右衛門はお蝶の家に作事奉行の大島玄蕃さまを招いたのだ。三右衛門は、おそらく金とお蝶を賄賂《わいろ》として差し出したに違いない」

「どんな思いで、自分の妾《めかけ》を差し出すんでしょうか」

太助が不快そうに言った。

「問題はそこで何があったかだ。急病とは考えにくい。血まみれだったという話がほんとうなら、刃物で刺されたことになる」

「まさか、お蝶が……」

「うむ、それも考えられる。いや、そう考えるのが自然かもしれない」

「あっ、欣次です」

太助が叫んだ。

「お蝶の家に向かいます。三右衛門とかち合いますね」

「これで、欣次がお蝶と兄妹かどうかわかるかもしれぬ」

剣一郎はそう思ったが、欣次は塀のそばで立ち止まり、すぐに引き返した。

「あれ、戻っていきます。あとを尾けましょうか」

「今はいい。どうせ、長屋に帰るだけだろう」

そう言い、剣一郎は欣次が立ち止まった塀の前に向かった。欣次は二階を見ていたが、とそのほうに目をやった。

「あれだな」

剣一郎は呟いた。

「なんですか」

「二階の窓の手すりを見てみろ。手拭いが結《ゆ》わいてある」

「それが？」

「合図だ」

「合図？　あっ、お蝶の合図ですか」

「そうだ。三右衛門が来たときは、あの手拭いを手すりに結わいておくのだろう。だから、欣次は引き返したのだ」

「なるほど。では、これほど用心しているってことは、ふたりは兄妹ではないってことですね」

「そうだ。情夫《いろ》だ。だとすると……」

大島玄蕃の死には何か他の事情がある。剣一郎はそんな気がしてきた。

五

その夜、五つ（午後八時）に、平吉と春三は冬木町にある『深酔』の裏口から入り、板場にいる権蔵に声をかけ、二階に上がった。

小部屋で待っていると、すぐ権蔵がやって来た。

「どうでしたえ」

春三が待ちきれないようにきいた。

「その前に、おめえたちのことを教えてもらいたい」

権蔵が鋭い声を出した。

「おめえたちの頭は誰だ？」

「そいつは勘弁してくれ」

春三が首を横に振った。

「じゃあ、話にならねえ。お頭は、まずおまえさん方の正体を知らなきゃ話がはじまらねえと仰ってるんだ」

「それは……」

「じゃあ、この話はなかったことにしよう」

「待ってくれ」

平吉はあわてて、

「俺たちは盗っ人じゃねえ。名前は言えねえが、俺たちは武家奉公人だ」

「よせ」

春三が止める。

「仕方ねえ」

平吉は春三を諭《さと》す。

「武家奉公人だと？」

権蔵が疑り深そうにきいた。

「そうだ。こんななりをしているが、いちおう身分は中間だ。だが、満足に給金ももらえねえから、俺たちだけで勝手にやっているんだ」

「武家の主人の命令で動いているんじゃないのか」

「違う」

平吉は懸命に、

「だから、俺たちで落とし前をつけさせてもらう」

「どうつけるというんだ。やはり、お頭も落とし前を気にしていた。おめえたちが殺した八卦堂や牛松、それに大怪我をした清吉の三人が使えなくなったおかげで、大きな仕事が出来なくなったんだ。その代償は大きい」

「俺たちが八卦堂や牛松に代わってやるってのはどうだ？　こういっちゃなんだが、あんな年寄の牛松なんぞより俺たちの方が役に立つってもんだ」

春三が訴えるように言う。

「ばかを言え」

権蔵は嘲笑《ちょうしょう》した。

「おめえたち、牛松とっつあんがどんなひとか知らねえから、そんなことが言えるんだ。おめえらに牛松とっつあんの代わりなんか出来ねえ」

「牛松はどんなひとなんだ？」

平吉が真顔になってきいた。

「牛松のとっつあんは錠前破《じようまえやぶ》りの名人だ」

「錠前破り……」

「そうだ、牛松とっつあんがいればどんな土蔵の錠前も開けられる。おめえたちに、その代わりが出来るのか」

「知らなかった」

春三が呟く。

「それから、清吉は軽業師《かるわざし》上がりだ。どんな高い塀も乗り越えられる。どうだ、これもおめえたちに出来るか」

「…………」

「出来まい」

「どこか狙いを定めていたのか」

春三がきいたとき、平吉はあっと思いだした。

「そうか。『城田屋』か。八卦堂は明神下の『城田屋』を見張っていたんだな」

「そうだ。おめえたちのおかげでおじゃんになっちまった」

「権蔵さん。おまえさんたちの仕事を邪魔したい連中って誰だ？」

「いねえはずだ」

「いない？　そんなはずはない。あんたたちの仕事を邪魔したい者が、俺たちを操っているんだ」

「お頭も心当たりがねえんだ。それに、『城田屋』を狙うことは一味以外、誰も知らねえはずだ」

「敵対する盗賊一味はいないのか」

「いねえ」

「だが、奴らはあんたたちのことをよく知っているんだ。牛松と清吉が『丹後屋』にいるのも知っていた」

「………」

権蔵は戸惑ったように首を傾《かし》げた。

「よく考えてみろ。俺たちもそうだが、あんたたちも奴らから丸裸だ。俺たちには共通の敵がいるんだ」

平吉は訴える。

「お頭といろいろ考えたが、思い当たらねえんだ。それより、おめえたちこそ、思い当たる相手はいねえのか」

「俺たちも同じだ。ところで俺たちが最後にひとり殺るように言われているのは、一刀流四方田伊兵衛剣術道場の師範代《しはんだい》、松永左馬之助だ。この侍も一味なのか」

「そんな侍は知らねえ。腕の立つお人もいるが、別人だ」

「知らない？」

平吉は問い返した。

「ほんとうか」

春三も確かめる。

「今さら嘘《うそ》ついてなんになる」

「…………」

平吉と春三は顔を見合わせた。

「どうもわからねえ」

平吉は首をひねった。

「ともかく、おめえたちのおかげで『城田屋』の押込みが出来なくなったんだ。

お頭の恨みは深い」

「俺たちを恨んでもだめだ。実際は影法師と名乗っている輩《やから》の仕業なんだ」

「…………」

「どうだえ、俺たちを仲間にして、強引に『城田屋』に押し込むってのは？」

「どうやって中に入るのだ？　土蔵の錠前を開けるのだって、主人を脅して鍵を出させなきゃならねえ」

　権蔵は口を歪め、

「そんな手荒いやり方をしたら何人も殺す羽目になる。『城田屋』を断腸《だんちょう》の思いで諦めたんだ」

「じゃあ、話し合いは決裂だな」

　春三が開き直ったように言う。

「平吉、もう用はねえ。行こう」

「よし」

　ふたりは立ち上がった。

「もう俺たちは赤の他人だ。恨むなら影法師を恨め。今後、一切関わらねえ。いいな」

春三が念を押した。

「もちろんだ」

権蔵は頷いた。

平吉と春三は、部屋を出て梯子段を下りた。

裏口を出てから、

「尾けられると思え。遠回りをして、帰るんだ」

春三が言い、

「俺は油堀《あぶらぼり》のほうをまわって帰る」

「わかった。俺は大川沿いを行く」

平吉は答え、小名木川沿いに出て、大川方面に向かった。

やはり、あとを尾けられていた。小名木川にかかる万年橋を渡り、大川沿いを北上する。確実に尾けてくる。竪川の一ノ橋を渡り、平吉は回向院に入った。

本堂の脇に駆け込み、やって来たほうを見る。

やがて、男が駆けつけてきた。辺りを見回している。やがて、男は参道のほうに向かった。

その様子を見てから、平吉は裏から出て、用心をしながら南割下水の屋敷まで帰った。

庭から一馬の部屋に行く。卓之進と酒を呑みながら、平吉たちの帰りを待っていた。

「ただいま帰りました」

庭先から声をかける。

「待っていたぞ。どうだった？」

一馬がきいた。

平吉は濡縁に上がって、

「権蔵のほうも、影法師にはまったく心当たりがないようでした」

平吉は権蔵との話し合いの一部始終《しじゅう》を伝え、

「結局、談判決裂となりました」

と、付け加えた。

「影法師の正体がわからないのなら、手を結ぶ必要はない」

卓之進は言い切った。

「それから、師範代の松永左馬之助は仲間ではないそうです」

「なに、違う？」

「はい。権蔵も知らないようでした」

「隠しているのではないか」

「どうやら違うようです」

「そうだな」

卓之進は、腑《ふ》に落ちないながらも頷いた。

「こうなったら、松永左馬之助を斬るしかない。影法師の言いなりになるのは悔しいが、そうするしかない」

一馬は追い詰められたように、ため息混じりに言い、

「平吉、明日の夜、欣次の案内で松永左馬之助の様子を確かめて来い」

と、命じた。

「わかりやした」

「春三は？」

一馬がきいた。

「別々に引き上げてきました。あっしもあとを尾けられましたから、春三もまくのに苦心しているのかもしれません」

それにしても遅いと、平吉は気になった。

卓之進が自分の屋敷に帰ったあと、平吉も中間部屋に引き上げた。しかし、春三はまだだった。

やはり遅すぎると心配になった。それから四半刻《しはんとき》（三十分）後、戸に何かがぶつかる音がして、平吉ははっとした。

すぐ土間に下り、戸を開けようとした。が、戸が重かった。思い切り引くと、何かが倒れる音がした。

春三が倒れていた。

「どうした春三」

あわてて抱え起こす。腹に巻いた晒《さらし》に血が滲《にじ》んでいた。

「しっかりしろ」

春三は薄目を開けた。

「待ち伏せていやがった」

春三は苦しそうに言う。

「誰にやられた？」

「頬被りをしていたが、『丹後屋』の主人だ」

「…………」

「心配はいらねえ。ここまで尾けられてはいねえ」

「ともかく、中へ」

騒ぎ声は聞こえたのか、母屋から一馬がやって来た。

「どうしたのだ？　やっ、春三」

「『丹後屋』の主人、いや、権蔵たちの頭が待ち伏せていたそうです」

春三に肩を貸して、部屋に入る。

春三を寝かせ、晒を取り替え、傷口を押さえると、

「医者を呼んできます」

と、土間に下りた。

「待て」

一馬が引き止めた。

「医者は呼ばんでいい」

「えっ、どうしてですかえ。早く手当てしませんと」

「医者を呼んでみろ。そこから、向こうにここがわかってしまう」

「口止めすれば」

「だめだ」

「それじゃ、春三が……」

春三は呻き声を上げている。熱もあるようだ。

「自分の力でなんとかなる」

「そんな」

「いいか、医者を呼んではだめだ。薬はある。塗ってやれ」

そう言い、一馬は薬をとりに行った。

「春三、だいじょうぶか」

ひどい汗をかいていた。平吉は手拭いを濡らして拭いてやる。額や顔が熱かった。熱があるのだ。

春三は苦しそうだった。

一馬が塗り薬と酒を持ってきた。

晒をとり、血を拭き取る。傷は深そうだった。巻いていた晒を突き抜けて腹に刃先が刺さったのだ。凄まじい力が入ったのは、恨みがそれほど強かったのだろう。

平吉は酒を口に含んで、傷に吹きかけた。春三が呻いた。塗り薬を布に塗り、傷口に当てる。そして、晒を巻き付けた。

「旦那、やっぱり医者を」

「だめだ」

一馬は許さなかった。

その夜、平吉は付きっ切りで看病した。額に載せた手拭いを何度も替えた。

明け方近くなって、平吉は寝入ってしまった。陽光が射し込んで、はっとして目を覚ました。

あわてて、春三の手拭いを替えてやろうとした。

春三は寝息も立てずに眠っていた。額の手拭いを手にしたとき、おやっと思った。乾いていて、熱を感じない。

平吉は春三の顔を見た。静かだ。

「春三」

声をかける。反応がない。

「春三」

肩を揺すった。体は冷たくなっていた。

「春三」

平吉は絶叫した。

「なんてこった」

なんでこんなことに……。

春三の様子を見に、一馬が顔を出した。

「どうした？」

「春三の奴、いけませんでした」

「そうか」

旦那が医者を呼んでくれれば……。いや、医者が来ても助かったかどうかわからない。

悪いのは丹後屋だ。平吉は懐《ふところ》に匕首を忍ばせ、屋敷を飛び出した。一馬が何か言っていたようだが耳に入らない。

冬木町の『丹後屋』に駆けつけた。陽が昇ったのに、大戸は閉まったままだ。

平吉は潜《くぐ》り戸を叩いた。

「もし」

背後から声をかけられた。

振り向くと、近所の者らしい男が立っていた。

「『丹後屋』さん、もういませんよ」

「いない？」

「ええ、ゆうべ、大八車《だいはちぐるま》に荷を積んで引っ越して行きました」

逃げたのだと思い、平吉は愕然《がくぜん》とした。

第四章　木彫《きぼ》りの観音像《かんのんぞう》

一

その日の昼前、剣一郎は深川入船町の『高城屋』を訪れた。

前回と同様、剣一郎は内庭に面した部屋で、三右衛門と向かい合った。三右衛門が身構《みがま》えているのがわかった。

剣一郎の来意に思い当たることがあるのか。

「青柳さま。して、きょうは？」

三右衛門は、窺《うかが》うように上目《うわめ》づかいになった。

「あらためて聞くが、作事奉行《さくじぶぎょう》大島玄蕃さまが屋敷の外で亡くなったという噂《うわさ》があるのを、知っているか」

「いえ……」

三右衛門は不安そうな顔になった。

「六月十日の夜、橋場で大島さまの紋が入った乗物を見た者がいた」

「えっ」

「そこで調べると、大島さまは当夜、橋場の浅茅ヶ原のそばにある家を訪れていたらしいことがわかった」

「………」

三右衛門は顔色を変えた。

「お蝶という女が住んでいる」

三右衛門は落ち着きをなくし、目が泳いだ。

「お蝶を知っているな」

「いえ」

三右衛門はかぶりを振った。

「知らぬか」

「はい」

「妙だな」

「…………」

「昨夜、そなたを橋場で見かけたが、ひと違いであったか」

「それは……」

三右衛門は言いよどんだ。

「三右衛門、はっきり言おう。わしは、そなたがお蝶の家に入るのを見ていたのだ」

剣一郎が問い詰めると、三右衛門はわなわなと震え、口を開きかけたが、声にならなかった。

「お蝶はそなたが囲っている女ではないのか」

剣一郎はなおも迫る。

「三右衛門」

剣一郎が口調を改めると、三右衛門ははっとしたように青ざめた顔を上げた。

「正直に言わないとあとで困ったことになる。わかっているのか」

「私には何のことか……」

「そうか、まだしらを切る気か」

「そう仰《おつしや》られましても」

三右衛門は汗をかいている。

「お蝶とは関わりないと申すのだな。わしが見たのはそなたではない、ひと違いだと?」

「………………」

「そうか、わかった。それではお蝶を取り調べることにしよう」

「取り調べる?」

「そうだ。あの夜、屋敷に担《かつ》ぎ込まれた大島さまは血まみれだったらしい。つまり、大島さまはお蝶の家で刃物で刺されて死んだのだ。それを大島家は病死として始末した」

剣一郎は三右衛門を睨《にら》みすえ、

「考えられることは、大島さまとお蝶が何らかのきっかけで口論となり、お蝶が大島さまを包丁で刺してしまった。あるいは、お蝶の間夫《まぶ》が乗り込んできて大島さまを刺した」

「………………」

三右衛門は啞然《あぜん》としている。

「そなたとお蝶に関わりがなければよい。邪魔をした」

剣一郎はすっくと立ち上がった。

「青柳さま、お待ちください」

三石衛門が切羽《せっぱ》詰まったような声を出した。

「お話しいたします。すべてお話しいたします」

「よし」

剣一郎は再び、腰を下ろした。

「お蝶は私が面倒を見ている女です。あの夜、私は橋場の家に大島さまをお招きいたしました。どうしても大島さまの引きを得たく、大島さまのお求めに応じ、金子《きんす》五百両とお蝶を差し出すことにしたのです」

「大島さまが求めたというのか。そなたが大島さまの歓心《かんしん》を得ようとして……」

「違います。大島さまは以前よりお蝶を気に入っていたようで、五百両だけでは足りぬと言い出したのです。どなたにお聞きになっても同じことを言うはずです。大島さまは並外《なみはず》れた女好きだと」

三石衛門は蔑《さげす》むように言う。

「わかった。続けよ」

「はい。あの夜、私はお蝶の家で大島さまを迎え、いっとき酒肴《しゅこう》で歓待《かんたい》し、一刻

（一時間）ほど留守《るす》にしました。橋場にある料理屋で過ごし、戻ってみると、お蝶が惚《ほう》けたように部屋の柱に縛られ、大島さまは寝間で血だらけで倒れていました」

三右衛門は、そのときの衝撃を思いだしたのか体をぶるっと震わせ、

「お蝶に事情をききました。大島さまと寝間に入ったとき、突然浪人たちが押し入ってきて、大島さまを殺し、五百両を奪《うば》って逃げたということでした。すぐお役人さまに知らせなくてはと思っていると、ご家来が大島さまを迎えにきて……」

「役人に届けるなと言ったのだな」

「はい。役人に届ければ、賄賂《まいない》の件が明るみに出てしまいます。まして、妾を差し出したことまで……」

「その話に偽《いつわ》りはないな」

「ございません」

「お蝶はどうだ？　お蝶はほんとうのことを話しているのか」

「もちろんでございます。お蝶が嘘《うそ》をつく理由はありません」

「欣次という男を知っているか」

「欣次ですか。いえ」

「お蝶に兄はいるのか」

「聞いたことはありません。青柳さま、欣次というのは誰でしょう」

　三右衛門は不安そうにきいた。

「お蝶の間夫ではないか」

「えっ、まさか」

「あの家に、欣次という男が出入りをしている」

「なんですって」

　三右衛門の顔が強張《こわば》った。

「欣次は浅草聖天町に住む遊び人だ。仕事はしていないが、小遣いには不自由していないらしい」

「………」

「浪人が押し入ったのはたまたまか。それとも五百両のことを知っていたからか。おそらく知っていたのだ。なぜ、浪人はそのことを知っていたのだ」

　剣一郎は畳みかけてきく。

「そなたは誰かに話したか」

「いえ」

「しかし、誰かが漏《も》らしたのだ」

「まさか、欣次という男が……」

「そうかもしれぬ」

「お蝶と欣次はぐるになって私から五百両を……」

「まだ、しっかりした証《あかし》があるわけではないから言い切ることは出来ぬ。だが、おそらく間違いないだろう。欣次は仲間に五百両のことを話したのだ。浪人が押し入ったというお蝶の話は鵜呑《うの》みに出来ぬ」

「お蝶を問い詰めてみます」

三右衛門は眦《まなじり》をつり上げた。

「いや、しらを切るのが落ちだ。そなたはまだ何も気づかぬ振りをしているのだ」

「わかりました」

「よいか。欣次のことも気づいた様子を見せてはならぬ」

念を押して、剣一郎は立ち上がった。

剣一郎は入船町から本所に向かった。

欣次が出入りしている井関一馬という御家人《ごけにん》が気になる。欣次はあの屋敷の奉公人と親しいのだ。

欣次はお蝶から聞いた話を、あの屋敷の奉公人に話した。そこで五百両を奪おうという気持ちになったのではないか。

問題は、その企《くわだ》てに加わったのは奉公人だけか。井関一馬は、奉公人の動きを何も知らなかったか。

竪川を渡り、御竹蔵の脇を通って南割下水にやってきた。

津軽越中守の屋敷の西側、小禄《しょうろく》の御家人屋敷が建ち並ぶ中程にある、早見藤太郎の屋敷に着いた。

剣一郎はそのまま門を入り、玄関に立った。

「ごめん」

編笠《あみがさ》を外して声をかけると、先日のように早見藤太郎の嫡男《ちゃくなん》が出てきた。

「青柳さま」

「またお邪魔いたす。早見どのはおられますか」

「はい。どうぞ」

剣一郎は客間に通された。

待つほどのこともなく、早見藤太郎がやってきた。

「青柳どの。よう参られた」

藤太郎はうれしそうに言う。

八州廻りを辞して三年、顔つきから当時の鋭《するど》さは消えているが、目はまだ輝きを失っていない。ただ、右手を負傷したために、新たな御役に就《つ》けなかったことへの寂しさのようなものが窺《うかが》えた。

「すみません。教えていただきたいことがあって参りました」

「何かな」

「はい。津軽越中守さまの屋敷をはさんだ向こう側に、井関一馬という直参《じきさん》のお屋敷があります」

「井関一馬どのか」

藤太郎は顔をしかめた。

「ご存じですか」

「評判のよくない男だからな」

「評判がよくないとは？」

「以前は、あの屋敷で賭場《とば》を開いていたことがあった」

「賭場を？」

「そうだ。それから、いかがわしい女を連れ込んで、客をとったり、強請《ゆすり》、たかりのような真似《まね》をしていたり……。つまり、遊女屋だ。それだけではない、町中で、強請、たかりのような真似をしているという噂《うわさ》を聞いたことがある。いや、これは噂として聞いただけだからほんとうかどうかはわからない。ただ、最近はおとなしくなったらしいが」

「おとなしくなったのは、どうしてでしょうか」

「井関どのは御番入りしたいと願っていたが、それもなかなか叶《かな》わない。井関どのは貧しい暮らしに気持ちが荒《すさ》んでいたようだ。ところが、最近になって御番入りの芽《め》が出てきたらしい」

「御番入りが叶いそうなのですか」

「そうだ。だから、今までのように屋敷を賭場にしたり、売笑《ばいしょう》させたりということはしなくなったようだ」

「早見どのは、井関どのに会ったことは？」

「組頭さまのところで何度か顔を合わせたことはある」

「どんな感じでしたか」

「物腰の柔らかい感じだったが、何か気に入らないことがあると表情が一変する。そんな感じだったな」

「奉公人はどうでしょうか」

「中間《ちゆうげん》がふたりいるが、あれはどうみても中間ではない。単なる遊び人だ」

「あの屋敷にいるのはそれだけでしょうか」

「女中もいるらしいが、いかがわしい女だろう」

藤太郎はふと気づいたように、

「井関一馬どのがどうかしたのか」

と、不審そうにきいた。

「いえ、なんでもありません」

剣一郎は首を横に振り、

「ちょっとしたことに絡《から》んで、井関どのの名が出たので、ちょっと知りたいと思いまして。たいしたことではありません」

「そんなことで、わざわざわしを訪ねては来ぬだろう」

「恐れ入ります」

「何か井関一馬どのに疑いが?」

「いえ、まだ証があるわけではありませんので」

「そうか。まあ、いい」

藤太郎は気にせず、

「どうだ、きょうはゆっくりしていけるのだろう」

と、期待したように言う。

「申し訳ございません。きょうもゆっくり出来ないのです」

「やはり、何か探索《たんさく》にかかっているのだな。まあ、仕方ない。青柳どのに暇《ひま》が出来たら、ぜひ」

「私も早見どのとはゆっくり酒を酌《く》み交《か》わしたいので、必ず」

そう言い、剣一郎は早見藤太郎の屋敷を辞去《じきょ》した。

屋敷を出てから、剣一郎は井関一馬の屋敷の前を通った。屋敷はひっそりとしていた。

亀沢町に出て両国橋のほうに向かっていると、背後から走ってくる足音を聞いた。

「青柳さま」

太助が追いついてきた。

「いたのか」

「はい」

太助は声をひそめ、

「ちょっといいですかえ」

と言い、辺《あた》りを見回した。

人気《ひとけ》のない場所を探しているのだ。

「回向院の境内《けいだい》に行こう」

「へい」

ふたりで回向院の参道に入り、山門《さんもん》をくぐった。

広い境内の鐘楼《しょうろう》の近くにある、銀杏《いちょう》の樹の下まで行った。

「何かあったのか」

「それが……」

太助は困惑しながら、

「井関さまの屋敷で、誰かが死んだんじゃないかって思えるんです」

「誰かが死んだ？」

「へえ。今朝《けさ》、棺桶《かんおけ》がひとつ入っていきました。町人用です。で、さっき門を入り、中間部屋に行くと、線香の香りがしました」

「奉公人の誰かか」

「欣次と橋場でいっしょだった男と、欣次は見かけました。死んだのはもうひとりの男だと思います」

「何があったのか」

剣一郎はふと思いだしたことがあった。筋違橋を渡ったときに土手にいた不審な三人。そして、神田岩本町の氈右衛門店に住む牛松が姿を消した件で、遊び人ふうの男が牛松の様子を探っていたと言っていた。ひとりは欣次に特徴が似ていた。最初は別人であろうと思ったが……。

『城田屋』を狙《ねら》っていた盗賊の件をもっと調べるべきだと思ったとき、清吉という男が姿を晦《くら》ましていることに思いを馳《は》せた。

井関一馬の屋敷を見張るという太助と別れ、剣一郎は深川に向かった。

二

剣一郎は深川仲町の『ひら沢』という料理屋にやってきた。

商売は夕方からで、門は開いているが、戸口は閉まっていた。

編笠をとって、剣一郎は戸を開け、土間に入る。

「ごめん」

「はい」

と声がして、女将《おかみ》らしい女が出てきた。

「これは青柳さまでは……」

女将が目を見張って言う。

「すまぬが、女中のおはるを呼んでもらいたい」

「おはるですか。ひょっとして、小間物屋の清吉さんのことで？」

「そうだ」

「少々、お待ちください」

女将は帳場の奥に向かって、おはると呼びかけた。

ほどなく、おはるがやってきた。

「まあ、青柳さま」

おはるは飛んで来た。

「清吉さんの行方《ゆくえ》がわかったのですか」

「いや、まだだ」

「そうですか」

「その件できききたい」

「はい」

「そなたは、清吉から頼まれたことで待ち合わせたと言っていたな」

「そうです。大事なことだから、約束を破るなんて考えられないんです。それで心配になったんです」

「頼まれたこととは何だ？」

「それは……」

おはるは俯《うつむ》いた。

「清吉を捜すためだ。おはる、教えてくれ」

「黙っているように言われたから、黙っていただけです」

「うむ」

「清吉さんは小間物の商売で、どうしてもあるお店に出入りしたいので、一度台所に入れてくれるように、ご主人にお願いしてくれないかと頼まれたのです」

「その店とは『城田屋』か」

剣一郎は先に言った。

「そうです。『城田屋』の旦那《だんな》はよくいらっしゃいますので。その前の日の夜に旦那の返事をもらうことになっていて、その次の日の朝に待ち合わせしたんです。そのことをとても気にしていたので、必ず来ると……」

清吉も、殺された八卦堂と同じく、『城田屋』を探っていた。そして、盗賊の頭であった万助も、『城田屋』に関わっている。『城田屋』は、盗賊から狙われているのではないか……。

「清吉はここには商売で？」

「そうです。いいものをかなり安くしてくれるので、朋輩《ほうばい》からも人気がありました」

「そなたは清吉のことを……」

「いえ、そんなんじゃありません」

おはるは顔を赤らめた。

「そうか。わかった。早く、清吉の居場所を突き止める」

「どうぞ、お願いします」

おはるが深々と頭を下げた。

剣一郎が『ひら沢』の門を出たところに、京之進がやって来た。

「青柳さま」

「京之進か。おはるのところか」

「はい。清吉と待ち合わせた経緯《いきさつ》を聞きに」

「じつは、あることを確かめるために、おはるに会って来たところだ」

「さようでございますか。で、何かわかりましたか」

人気のない場所に移動して、

「清吉は『城田屋』の屋敷内に入りたかったようだ」

と、剣一郎はおはるから聞いた話をした。

「小間物の商いのためですか」

「いや、違う。清吉は、『城田屋』の庭の様子や、土蔵の位置などを下調べしようとしたものと思える」

「下調べ？　そのようなことをするなんて清吉はもしや……」

「そうだ。盗賊の一味だ」

「なんですって」

「殺された八卦堂も仲間だ。八卦堂が商売をしていた場所から『城田屋』の店先がよく見える」

「八卦堂も仲間ですか。では、牛松という年寄も?」

「仲間だ。そう考えたとき、わしはひとりの男を思いだした。かつて、一匹狼《おおかみ》の錠前破《じょうまえやぶ》りの名人がいた。いろいろな盗賊の頭《かしら》から乞《こ》われ、押込みに加わり土蔵を破っていった。その後、錠前を破ったという知らせはなく、いつしか忘れていった。歳だし、隠居したと思っていたが……」

「押込み一味は『城田屋』に狙いを定めていたというのですね」

京之進は興奮して言う。

「そうだ。ところが、ここに邪魔者が現われたのだ。その盗賊一味と敵対する一方の勢力だ。まず、八卦堂を殺し、続いて牛松、清吉と襲っていったのではないか」

剣一郎はまだ井関一馬のことは口にしなかった。口にするほど、証が固まっていない。

「牛松と清吉はすでにどこかで殺されていると?」

京之進は暗い顔できいた。

「おそらく」

剣一郎も表情を曇らせ、

「ただ、盗賊一味もこのまま黙ってはいまい。当然、歯向かうはずだ」

井関一馬の奉公人が死んだらしいが、まさに盗賊一味の報復がはじまっているということではないか。

「盗賊一味には他にも仲間がいるはずだ。頭もまだ不明だ。牛松がほんとうに錠前破りの名人だった男か調べ、そこから盗賊の頭を暴くのだ」

「わかりました。裏の世界に詳《くわ》しい元盗《ぬす》っ人《と》がおります。この男から聞きだしてみます。私に借りがあるので、ある程度話してくれると思います」

「そうか。頼んだ」

「はい」

京之進は一礼して、手下とともに去って行った。


剣一郎は深川から池之端仲町に移動し、一刻後には坪庭の見える部屋で万助と差し向かいになっていた。

おなみは『城田屋』に出かけていた。

左足を投げ出すようにして座っている万助の表情は、強張っているように思えた。

「やはり、盗賊一味は『城田屋』を狙っていたようだ」

剣一郎は切り出す。

「行方不明になっている清吉という男は、小間物屋になりすまして『城田屋』の屋敷の様子を探ろうとしていたことがわかった」

万助は俯いている。

「昔、錠前破りの名人の男がいたな。そなたがかまいたちの万五郎という盗賊の頭だったとき、この錠前破りの名人の手を借りたこともあったのではないか」

「へえ、確かにいました。手を借りたこともあります。でも、もう十年以上も前の話ですから」

「これも行方不明になっている牛松という年寄こそ、その錠前破りの名人だった男だ。この牛松はときおり八卦堂のところに行っていた。八卦堂を介して仲間うちの連絡をとっていたのだろう。一味はみな客を装い、八卦堂のところに行き、頭の指図《さしず》を受けていたのではないか」

「さあ、あっしにはわかりません」

「ここからはわしの想像だ」

剣一郎はそう言ってから、

「そなたは『城田屋』へ挨拶《あいさつ》に訪れた帰り、八卦堂の前にいる牛松を見てはっとしたのだ。錠前破りの名人だったたからだ」

万助は俯いたままだ。

「それから、そなたは八卦堂も仲間だと悟り、そして『城田屋』を狙っていると思った。どうだ、ここまでは？」

「どうもこうも、ただあっしは苦笑するしかありません」

「まあいい。さらに、続けよう」

剣一郎は万助の顔を見つめながら、

「そなたはおなみの嫁《とつ》ぎ先を守らねばならないと思い、誰かに相談した。そなたは、万五郎として昔懇意《こんい》にしていた兄弟分のところに行き、一切を話し、押込みの邪魔をしてくれるように頼んだのだ」

だが、万助が頼んだのは昔の兄弟分ではないと、剣一郎は思っている。

「おそらく、八卦堂、牛松、清吉の三人を片づければ押込みが出来ないと考えたのではないか。だから、そなたはこの三人を始末するように頼んだ」

「青柳さま」

万助が顔を上げた。

「お言葉を返すようですが、一度死んだことになっているあっしの頼みを聞いてくれる者なんていません。よしんばいたとしても、そんな頼みをしたら、今度は逆にそいつらが『城田屋』を狙うようになります」

「確かに、そうだ」

剣一郎は素直に頷き、

「そなたは本所の小普請組の井関一馬という御家人を知らないか」

「知りません」

万助は即座に否定したあと、剣一郎から視線を逸《そ》らさなかった。偽りではないと、訴えているようだ。

ほんとうに知らないのか。それともこの名前が出ることを予期していて、その態勢を整えていたのか。

「いずれにしろ、『城田屋』の危機は去ったとみていいだろう。そなたにとっては喜ばしいことだ」

「………」

「そなたとゆっくり話したいと思いながら、このような用件で赴《おもむ》かざるを得ないことに、忸怩《じくじ》たるものがある。今後は心穏やかに過ごしたいものよ」

剣一郎は自嘲《じちょう》ぎみに言い、立ち上がった。

「青柳さま。申し訳ございません」

万助が頭を下げた。

「何を謝る」

「恐れ入ります」

「では、また」

剣一郎は万助の家を辞去した。


その夜、八丁堀の剣一郎の屋敷に京之進が訪れた。

「夜分に申し訳ございません」

京之進は詫《わ》びてから、

「牛松のことがわかりました。やはり、錠前破りの名人といわれた男は牛松だったようです。今は隠居していますが、ひとり働きをしていた男の教えてくれた特徴と、長屋の住人の言う特徴は一致しましたから、間違いないと思います」

「そうか」

「それから、清吉のこともわかりました。牛松のことを教えてくれた男がいうには、軽業師上がりの若い男がいるそうです。盗っ人仲間の間では、牛松とその男がいれば、どんな高い塀も乗り越えられ、またどんな土蔵にも入り込めるため、千両箱を運ぶ頭数を揃《そろ》えるだけで楽々盗みが出来るという話があるそうです」

「今回はそのふたりが揃ったというわけか」

「はい」

「頭目については、何か手掛かりはないか」

京之進は裏世界に詳しい元盗っ人から、話を聞いてきたのだ。頭目についても何か手掛かりがあるのではないかと思った。

「じつは、その男が言うには、もしかしたら、かまいたちの丹次郎《たんじろう》ではないかと」

「かまいたち？　かまいたちとは昔、かまいたちの万五郎という盗賊の頭がいたが」

剣一郎はとぼけてきく。

「そうです。かまいたちの万五郎が太田宿で死んだあと、その男がかまいたちを勝手に名乗り出したそうです」

「かまいたちの名は偶然なのか」

「いえ。丹次郎の兄の丹蔵《たんぞう》というのが、かまいたちの万五郎の右腕だった男だそうです」

「なに、万五郎の右腕だと。すると、十年前、隠れ家にいたところを捕縛《ほばく》された中にいた者か」

「はい。獄門になった丹蔵の弟が丹次郎です。万五郎の手下だったというわけではありませんが、たまに仕事に加わることがあったそうです」

「そうか。そんな男がいたのか」

逃げた手下がひとりいるという話もあったが、それが丹次郎のことだったのかもしれない。

「で、なぜ、かまいたちの丹次郎ではないかと？」

「ひと月ほど前に、丹次郎を深川の冬木町で見かけたそうです」

「冬木町で？」

「はい。冬木町に『丹後屋』という古道具屋があり、その亭主が丹次郎に似ていたそうです。ただ、声はかけなかったそうです」

「で、今も冬木町に？」

「すぐ冬木町に駆けつけたのですが、『丹後屋』は昨日の夕方引っ越したそうです」

「引っ越した？」

「はい。今、田坂さんと作蔵が経緯を調べています」

同心の田坂元十郎と岡っ引きの作蔵が深川の受け持ちだ。

「小間物屋の清吉の住まいは佐賀町だったな」

「はい。近いですから、やはりふたりはつながっていると考えられますね」

京之進は気負って言う。

「うむ。『城田屋』を探っていたのはかまいたちの丹次郎一味と考えていい」

剣一郎は、さきほどからの違和感に気づいた。万助は、丹次郎がかまいたちを名乗っていることに気づかなかったのだろうか。

いや、それよりなぜ、丹次郎はかまいたちの名を名乗ったのか。万五郎が太田宿で死んだことを聞いて、名乗ったのだろうが、それほどかまいたちの名が気に入っていたのだろうか。

そう思ったとき、剣一郎はあることが気になった。

万五郎が死んだとされる旅籠《はたご》の火事だ。付け火ではなかったか。火をつけた者はわからず仕舞《じま》いだった。

　もしや……。

「では、私はこれで」

　京之進の声で、剣一郎は我に返った。

「ごくろうだった」

　京之進が引き上げたあと、太助が現われた。

「来ていたのか」

「はい。お待ちしている間に、夕餉《ゆうげ》をご馳走《ちそう》になりました」

「そうか。それはよかった」

「青柳さま、死んだ男の名がわかりました」

　太助が切り出した。

「死んだのは春三という男です。もうひとりは平吉だそうです」

「すると、春三に平吉、そして欣次の三人がいっしょに動き回っていたということだな」

　やはり、筋違橋を渡ったときに土手にいた三人は、この連中だったのだろう。

「春三は殺されたようです」

「やはり、そうか」

「はい。棺桶屋が亡骸を棺桶に入れるときに見たそうですが、腹に刺された痕があった、と」

「殺ったのはかまいたちの丹次郎だ。報復だ」

「かまいたちの丹次郎ですって」

太助がきき返す。

「今、京之進から聞いたばかりだ」

そう言い、剣一郎はかまいたちの丹次郎について話した。

「冬木町の『丹後屋』ですか」

太助が声を上げた。

「どうした、知っているのか」

「捜している猫が『丹後屋』の庭にいたことがあったんです。そのとき、『丹後屋』の旦那に頼んで庭に入れてもらいました。ずいぶん、親切なひとだと思ったものですが」

太助はそう言ったあとで、あっと叫んだ。

「どうした?」

「すみません。ちょっと思いだしたんです。いえ、たいしたことではないんです」

「たいしたことでなくても、気になるな。今、太助は叫んだからな」

「へえ」

太助は頭を下げてから、

「じつは猫を捕まえて引き上げるとき、お店にまわって丹後屋さんに礼を言ったんです。そしたら、店に木彫《きぼ》りの観音《かんのん》様が置いてあったんです。その顔が夢によく出てきたおっかさんにそっくりで……」

太助はしんみりとした口調で言った。

「呆然《ぼうぜん》と見つめていたら、丹後屋さんがどうしたって声をかけてくれたんです。だから、今の話をしたら、そうか、それなら上げようって」

「なに、くれたのか」

「もらいました。部屋にあります」

「いつのことだ？」

「半月ほど前です」

「そうか」

「なんでも、日光例幣使街道のどこかの宿場にいる木彫りの職人が作ったものだそうです。丹後屋さんもその観音様を見たとき、好きな女に顔がそっくりなんで思わず買ってしまったそうです。好きな女のひとは死んでしまったそうで、だからもういらないのだと……」

「太助、日光例幣使街道の太田宿と言ったのではないか」

「そうです。青柳さま、たしか、太田宿と」

「そうか。丹次郎は太田宿に行ったことがあるのか」

剣一郎が呟《つぶや》くのを、太助が不思議そうな顔で見ていた。

三

翌日の朝、平吉は井戸で顔を洗ったが、ふと後ろから春三が近づいてくるような気がして振り返った。

だが、庭はひっそりとしていた。

特に気が合うというわけではなかったが、春三がいなくなって、心にぽっかりと穴が空《あ》いたようになった。

いるのが当たり前だったのだ。一馬の旦那が御番入りすれば、ふたりとも武家奉公人として侍身分になれる。

そしたら少しはいい暮らしが出来ると、ふたりで喜んでいたのだ。

卓之進が血走った目で門を入ってきた。

「また投げ文だ」

最近は、卓之進の屋敷に文が投げ込まれることが多かった。

平吉は卓之進といっしょに玄関から部屋に上がり、一馬の部屋に行った。

「一馬」

部屋にいないので、卓之進が叫ぶ。

一馬が厠《かわや》から出て来た。

「何だ、騒々しいな」

「投げ文だ。三日以内に松永左馬之助を殺れと言ってきた」

「ちくしょう」

「権蔵は松永左馬之助は仲間ではないって言ってました。影法師とはどんな因縁《いんねん》があるんでしょう」

平吉はなんとなく気に食わなかった。

「そんなことはどうでもいい。ともかく殺らねばならぬ」

一馬はぐっと拳《こぶし》を握りしめた。

「組頭さまからいい返事をもらっているのだ。御番入りの機会を邪魔されたくない」

「俺も、一馬が御番入りを果たしたあとに続く」

卓之進が息巻いて言い、

「一馬、今夜やろう」

と、一馬に迫った。

「よし、ふたりでかかればたやすい」

一馬も応じ、

「平吉、欣次に案内させるんだ」

「わかりました」

平吉は答えてから、

「でも、影法師は松永左馬之助を斬《き》ったあとで、また何か言ってくるんじゃありませんか。信用していいんですかえ」

と、不安を口にした。

「その時はその時よ」

卓之進が厳しい顔で言った。

「でも」

「平吉、心配するな。そうなったら、最後の手立てがある」

「なんでしょうか」

「今、それを考える必要はない」

卓之進はにやりと笑った。だが、目にぞっとするような冷たい光が見えた。卓之進が何を考えているのか気になった。

それからしばらくして欣次がやってきた。表情が曇っていた。

「どうした、そんな顔をして？」

平吉がきいた。

「昨夜、お蝶が旦那から、私の留守中に出入りしている男がいるのではないかときかれたそうです。そんなものはいないととぼけたそうですが……」

「旦那はお蝶に間夫がいると疑いだしたってわけか」

平吉は確かめる。

「そのようです」

「欣次」

一馬がきいた。

「おまえ、お蝶に未練があるのか」

「なんでそんなことを？」

欣次が不思議そうにきく。

「旦那におまえのことがばれたら、お蝶は追い出されるかもしれぬ。そうなったら、どうする？　金が入らなくなってもお蝶といっしょにいたいのか」

「あっしは特にお蝶に惚れているわけじゃありません。お蝶はあっしの金づるです。金が手に入らなければお蝶は必要ありません」

「ほんとうだな」

「ほんとうです」

「それを聞いて安心した。俺の御番入りが叶えば、それなりに奉公人を揃《そろ》えなければならない。だが、春三がいなくなってしまった。おまえに春三の代わりになってもらうしかないのだ」

「もちろん、そのつもりでおりますが」

欣次が答える。

「だが、そうなればなかなかお蝶の元に行けなくなる。だから、きいたのだ」

「あっしはいつでもお蝶と別れられます」

「欣次。そうは簡単にはいかぬ」

卓之進が口を入れた。

「と、仰いますと？」

「おまえが離れていったら、お蝶はどう出ると思うのだ？　素直に諦《あきら》めるか」

「いえ、喚《わめ》き叫ぶでしょう」

「それだけじゃない。お蝶は自棄《やけ》になって、なんでも喋ってしまう。もちろん、あの夜のことも」

「…………」

「欣次。いずれ、お蝶を始末しなくてはならぬ」

卓之進が冷酷そうに口元を歪めた。

そのとき、平吉はさっき卓之進が言った、最後の手立ての意味がわかった。お蝶がいなければ、六月十日の夜に何があったかを明らかにすることは出来ない。影法師の密告によって一馬たちが取り調べを受けても、しらを切り通すことが出来る。一馬たちがお蝶の家に押込み、作事奉行を殺して五百両を奪ったという証はないのだ。

一馬と卓之進は最初からそのつもりだったのではないか。欣次がもしお蝶と離れないと答えたら、欣次もいっしょに始末するつもりなのではないか。

「ともかく、今夜、本郷に行く。夜五つに本郷四丁目にある真光寺《しんこうじ》の山門前で落ち合おう。松永左馬之助のところに案内するのだ」

卓之進が命じた。

「わかりました」

欣次は応じた。

平吉は欣次とともに中間部屋に戻った。

「おめえ、お蝶さんを殺せるのか」

平吉がきいた。

「いや、殺したくねえ」

欣次はぽつりと言った。

「そうだろう。だが……」

「だが、なんだ？」

「いや、なんでもねえ」

平吉は首を横に振った。

卓之進が言っていたように最後の手立てなのだ。松永左馬之助を殺ったあとも影法師が何かを言ってきたときの対処だ。

影法師の動きが収まれば何ら問題はないのだ。

「それにしても、春三がいなくなって何かおかしいぜ。俺は春三のことをそれほど好きではなかったのに」

欣次がしみじみ言う。

「俺もそうだ。まったく不思議なもんだ。いっしょに闘ってきた仲間だったってことだ」

平吉もまた春三を思い出し、切なくなった。

「いってえ、丹後屋はどこに消えたんだ」

欣次が吐き捨てる。

「『深酔』の権蔵も姿を晦ました」

平吉は忌《い》ま忌《い》ましげに言う。今、『深酔』は別の店の亭主が引き継いで商売をしているが、権蔵の行方はわからなかった。

五つに本郷でと言い、欣次は屋敷を出て行った。お蝶のところに行くようだ。

なんだかんだ言っても、欣次はお蝶に惚れているのかもしれないと思った。

そのとき、春三も好きな女がいたことを思い出した。いつぞや、上機嫌で朝帰りをしたことがあった。

女と何か約束が出来たのかもしれないと思った。その女は春三が死んだことを知らないのだ。

春三は分け前で得た三十三両余りのうち、僅《わず》かしか手元に残していなかった。おそらく、女に渡したのだろう。

春三が入れ揚げていた女の名はわからないが、店はわかる。亀戸天神の横のいかがわしい店が軒《のき》を連《つら》ねる中の一軒に入っていったのを見ていた。

平吉は立ち上がった。


四半刻後に、平吉は亀戸天神の横に来ていた。夜はなまめかしい明かりが灯《とも》っていたが、陽光の下で見ると、汚《きたな》らしい店が並んでいるだけだった。

平吉は覚えている店に向かった。戸はまだ閉まったままだ。

戸に手をかけたが、心張り棒はかかっていなかった。戸を開け、薄暗い土間の奥に向かって呼びかける。

「ごめんください」

　返事がない。

　もう一度、呼びかけたとき、物音がした。

　年配の女が現われた。

「なんだね」

「すみません。あっしは春三の知り合いです。春三の馴染《なじ》みの妓《こ》に会いたいんです。取り次いでいただけませんか」

「夜にでもまた来な。まだ、寝ているよ」

　女の声は野太く、男に言われたような気がする。

「すみません。すぐ済みますんで。ただ、春三が世話になった礼を言いたいだけなんで。お願いします。じつは春三が亡くなったんです。そのことをお伝えしたくて」

「あのひと死んだのか」

　女の表情が変わった。

「そうかえ。待ってな」

　そう言い、女は奥に向かった。

ずいぶん待たされてから、若い女が現われた。急いで白粉《おしろい》を塗りたくったような感じだった。

「お待たせ」

女は気だるそうに言い、平吉を二階の小部屋に通した。

「あんたが春三と?」

平吉は荒《すさ》んだ雰囲気の女にきいた。

「そうよ。春三さん、よく来てくれたわ。死んだってほんとうなの」

女は目を細めてきく。

「残念だが、ほんとうだ」

「そう。じゃあ、春三さん、もう来られないのね」

女は落胆して言う。

「春三はあんたには世話になったようだな。先日、上機嫌で朝帰りをしてきた。きっとあんたといい約束でも出来たのだろうと思ったよ」

「ああ、泊まった夜のことね」

女は頷《うなず》いた。

「何か約束でもしたのかえ」

「約束？　そう言えば、何か言っていたわね」

「何か……？」

「ええ、なんだったかしら」

「覚えていないのか。春三はとても嬉《うれ》しそうだったんだ」

「年季が明けたらいっしょになろうってことかしら」

「そういう話をしたのか」

「ええ」

どうもこの女と話していてもしっくり来ない。

「ほんとうに、春三はあんたのところに通っていたのか」

「そうよ。あのひと、おっかない顔をしているわりには案外と単純で」

「単純？」

「そうそう、年季が明けたらなんて真面目《まじめ》に言っていたわ。だから、それより先に身請《みう》けしてちょうだい、早く、おまえさんひとりのものになりたいからって言ったら喜んで」

「うむ、春三は嬉しそうだった。やはり、そういう話をしていたんだな」

春三の上機嫌な顔が思い浮かぶ。

だが、さっきから何かちぐはぐな感じがしていた。そうだ、春三はなぜ死んだのかとか、いつ死んだのかとか、どうしてきかないのだ。それに悲しそうな様子もない。春三が死んだという実感がないのか。

「春三はほんとうに死んだんだ」

平吉はもう一度、言った。

「そうね」

女はがっかりしたように、

「もう来てくれないのよね」

「そうだ」

「ねえ」

女は顔を上げた。

「春三さんの代わりに、あんたが来てくれない」

「………」

「だって、客がひとり減っちゃったんだもの。あんた、友達なんだから、いいでしょう」

「年季が明けたらいっしょになるって約束したんじゃないのか。春三はそれで喜んでいたんだ」

「いやねえ。そんなこと、他のお客さんにも言うわ」

「じゃあ、冗談だったのか」

「商売上のお愛想《あいそ》よ。それで、お客さんが熱心に通ってくれたらお互いにいいでしょう」

「春三は真《ま》に受けていた」

「そう」

女は平然と言った。

「春三が死んだことをどう思っているんだ?」

「どうって。お客がひとり減って困ったなって。だから、あんたが来てくれたら……」

「……………」

平吉は言葉を失った。

春三の嬉しそうな顔が脳裏《のうり》を掠《かす》めた。

「春三はあんたにまとまった金を渡したな」

「……………」

「どうなんだ？」

「あれは春三さんからもらったものだよ。私へのまことを見せてって言ったら、くれたんだ。あんたなんかに渡さないよ」

「受け取ったんだな」

「そうよ」

「いくらだ？」

「いくらだっていいでしょう」

「三十両か。そうなんだな」

「そうよ」

「その金はどうした？」

「別に、どうしようといいじゃない」

女は不貞腐《ふてくさ》れたように横を向いた。

「どうした？　まだ、持っているのか」

「もうないわ」

「どうしたんだ？」

平吉は問い詰める。

「もう帰って。帰らないと大声を出すよ」

平吉はいきなり女に飛び掛かった。

女は仰向《あおむ》けに倒れた。平吉は馬乗りになって、女の首に手をかけた。

「金をどうした？」

「苦しい。やめて」

「金はどうした？」

「あげた……」

「あげた？　誰にだ？　まさか、間夫に……」

「苦しい」

「てめえ、春三の気持ちを何だと思ってやがるんだ」

平吉は夢中で女の首にかけた指に力を込めた。女は足をばたつかせたが、やがて動かなくなった。

平吉ははっとした。女がぐったりとなっている。

「おい、どうした？」

馬乗りになったまま、平吉は女の頬《ほお》を叩《たた》いた。だが、女から反応はなかった。

平吉はさっと飛び退《の》いた。

そっと部屋を出て、梯子段《はしごだん》を下りる。

「帰るのかえ」

土間に下りると、さっきの年配の女が出てきた。

「さっき、なにばたばたやっていたんだえ。あっ、おまえさん、ちょっと待ちなよ」

女の声を無視して、平吉は外に飛び出し、しゃにむに駆けだした。春三はあんな女のためにと思うと、悔《くや》し涙が溢《あふ》れてきた。

平吉は涙を流しながら、気がつくと両国橋を渡っていた。

四

それより前、剣一郎は池之端仲町にある万助の家に上がった。

「何度も押しかけてすまない」

剣一郎は謝ってから、

「そなた、かまいたちの丹次郎という盗っ人を知っているか」

「いえ、知りません」

答えるまで、一瞬の間があった。

「丹次郎という名に心当たりは？」

「さあ」

「丹蔵の弟だ」

「………」

「丹蔵はどこの生まれだ？」

「相模《さがみ》だったと思います」

「上州は知らないな」

「知らなかったはずです」

万助は訝《いぶか》しげに答える。

「そなたは隠れ家を留守にしていたので落ち延《の》びることが出来たが、隠れ家にいた手下たちは全員捕まった。丹蔵は獄門《ごくもん》だ」

剣一郎は続ける。

「おそらく、丹次郎はそなたが自分だけ助かろうとして、仲間を売ったと考えたのではないか。小塚原《こづかっぱら》の獄門台に晒された丹蔵の首を見て、丹次郎は復讐《ふくしゅう》を誓ったのだろう」

「まさか」

「火事に関わった証はないが、丹次郎は太田宿に行ったことがあるようだ」

「付け火は丹次郎によるものだと？」

「そうではないか」

剣一郎は応じてから、

「丹次郎がかまいたちを名乗ったのは、万五郎を殺ったという証からかもしれない」

「…………」

「そのかまいたちの丹次郎があろうことか『城田屋』に狙いを定めた。そなたは、そのことに気づき、なんとか阻止《そし》せねばならないと思った」

「あっしは何も出来ません」

「そうだ。だから、井関一馬に頼んだのではないか」

「あっしは井関一馬というひとを知りません」

「では、間に誰か介在したか」

「なんのことでしょうか」

万助は困惑した顔をした。

「かまいたちの丹次郎の手下の八卦堂を殺し、牛松をも始末したのは井関一馬の奉公人だ。井関一馬が動いてかまいたちの丹次郎の企《たくら》みを阻止したのだ」

剣一郎は、苦しげに顔を歪める万助を睨みつけた。

俯いていた万助が顔を上げた。

「青柳さま。どうか、おなみの祝言が終わるまで……」

万助は訴える。

必死で訴える万助に、それ以上の追及は出来なかった。


それから本所に足を向け、剣一郎は早見藤太郎の屋敷を訪れていた。

裏手の向こうには津軽越中守の屋敷の塀が望める。

「たびたびお邪魔して申し訳ございません」

剣一郎はまず詫びてから、

「十年前、かまいたちの万五郎が太田宿で焼死したことでもう一度、お話を」

「うむ。なんでござろうか」

「あのとき、早見どのはかまいたちの万五郎を追っていたのでしたね」

「そう、江戸で隠れ家を襲撃したが、頭の万五郎だけが逃げ延びたと聞いていた。そんなとき、万五郎らしい男が日光例幣使街道を栃木方面に向かったという知らせを受けて、追っていた」

「そうでしたね。だから、火事で焼死した、特徴の一致した男を万五郎だと考えたと」

「そうだ」

「旅籠に火を放った者の手掛かりは何もなかったのですか」

「なかった。付け火に間違いなかったが、とうとうわからなかった」

藤太郎は無念そうに言う。

「ところで、万五郎の右腕といわれた丹蔵という男に、丹次郎という弟がいたのを御存じではありませんか」

剣一郎はその話を切りだした。

「いや、知らぬ」

「そうですか。じつは、丹次郎は、今はかまいたちの丹次郎という異名を持つ盗っ人なのです」

「かまいたちの丹次郎……」

「丹次郎は万五郎が死んだので、かまいたちを名乗るようになったそうです。丹次郎は太田宿で万五郎が死んだのを知っていたようです」

「裏の世界では、そのような話はあっという間に広まるものなのだろう」

「じつは丹次郎は太田宿に行ったことがあります。それがいつのことだったかはわかりません。が、火事が起こった時期と重なっていたような気がして仕方ありません」

「どうしてだ？」

「丹次郎は万五郎を追っていたのではありますまいか。つまり、兄の復讐のために」

「あの火事は丹次郎の仕業《しわざ》だと？」

藤太郎は顔色を変えた。

「そうです。丹次郎は太田宿の旅籠に万五郎が泊まっているのを突き止め、夜中に火を放ったのです、焼け出されて飛び出してくるところを襲おうとしたか。だが、万五郎はそのまま焼け死んだ。翌日、早見どのたちが駆けつけ、焼死体を調べました。その結果、万五郎が死んだことを確かめ、江戸に戻った。それから、かまいたちを名乗った。万五郎を始末したという証に、その異名を使うようになったのではないでしょうか」

「うむ」

藤太郎は唸《うな》ってから、

「だが、どうしてかまいたちの丹次郎のことを?」

と、きいた。

「かまいたちの丹次郎一味が神田同朋町の『城田屋』を狙っていた形跡があるのです。ただ、一味の者が何者かに殺され、丹次郎一味の企みは頓挫《とんざ》しました」

「丹次郎一味の者を殺したのは何者なのだ?」

「確たる証があるわけではないので、言い切れませんが、疑わしい者はおります。ただ、その者たちがなぜ丹次郎一味を襲ったのか、そのわけがまだわかりません」

剣一郎は言い、

「きょうは、付け火が丹次郎の仕業ではないかということを確かめたくて参りました」

「残念だが、そうだとは言い切れない」

「仕方ありません。十年前のことですし、それに今さらどうすることも出来ませんから。でも、あのとき、早見どのたちが駆けつけなければ、万五郎の身許《みもと》もわからず仕舞いだったでしょう」

「じつは、あのときはいっしょにいた手代が付け火らしいと気づき、ひょっとして焼死したのは万五郎ではないかと言い出してな。それで、調べたところ、万五郎だとわかったのだ」

代官の下に御代官手付と御代官手代がいる。手付は小普請組の中から勘定奉行《かんじょうぶぎょう》の許しを得て選ばれ、手代は代官が地元の者から、やはり勘定奉行の許しを得て採用した。

手付と手代はいっしょになって行動していた。

剣一郎はそのとき、あっと気づいたのだ。

「早見どの。そのときいっしょに働いていた手代は、なんというお方でしたか」

「手代の名?」

藤太郎はなぜか困惑の体《てい》で、

「さて、なんという名だったか。十年前だからな」

「松永左馬之助どのでは?」

剣一郎はその名を出した。

「そうだ。そのような名だった」

藤太郎は目を逸《そ》らしぎみに答えた。それからの藤太郎は、なんとなく落ち着きをなくしたように思えた。

剣一郎は挨拶《あいさつ》をして引き上げたが、藤太郎の態度の変化が気になった。御代官手代の名を聞いたあとからだ。

一馬らが素性を探っていたという一刀流四方田伊兵衛剣術道場師範代の松永左馬之助は、御代官手代だった松永だろうか。手代は地元の町人や百姓から選ばれるが、松永左馬之助も町人か百姓だったはず。剣術の心得があって手代に志願したのであろう。

その後、江戸に出て、紆余曲折《うよきよくせつ》があったのかもしれないが、現在は剣術道場で師範代を務めているのだろう。

なぜ、藤太郎は松永左馬之助の話題には触れようとしなかったのか。何かを隠しているように思えてならない。

剣一郎は井関一馬の屋敷の前にやって来た。辺りは薄暗くなっていた。

井関一馬に会って、感触を確かめてみようかと思い、門を入った。

「ごめん」

玄関に立ち、声をかけた。

だが、返事はない。ふと、背後にひとの気配がした。女だった。荒《すさ》んだ雰囲気《ふんいき》で、女中とは思えなかった。

「旦那さまは出かけましたよ」

女は気だるそうな声で言う。

「そなたは？」

「旦那さまに呼ばれて来ている者です」

「そうか。で、井関どのの帰りは遅いのか」

「遅いと思います。久米さまといっしょに出かけましたから」

「久米さま？」

「旦那さまのご友人の久米卓之進さまです」

「そうか。平吉と欣次もいっしょか」

「どこかで待ち合わせると言ってました。また投げ文があってあわてていましたから、それで出かけたのだと思います」

「投げ文？」

「はい。ときたま、投げ込まれていました。最近は久米さまの屋敷に投げ込まれているみたいですけど」

「井関どのは、金回りはどうだ？」

お蝶の家の五百両を念頭においてきいた。

「お金が入ると、組頭さまに付届けをしてしまいますから」

「付届け？」

「ええ、そのおかげで近々、お役に就《つ》けそうだと言ってました」

「いろいろわしに話してくれたが、井関どのに知れたら叱《しか》られよう」

「叱られたら二度とここに来ませんから、いいんです。それに、お役に就いたら、私なんか用済みですから」

女はけろっとして言った。

「そうか。いろいろ助かった」

「いえ」

剣一郎は、女に礼を言って井関の屋敷を出た。

剣一郎の脳裏にさまざまな思いが浮かんでは消え、ようやく幾《いく》つかの断片がひとつになりかけていた。

その夜五つ（午後八時）前、平吉は本郷四丁目の真光寺に向かって本郷通りを歩いていた。

平吉の頭の中は、嵐のように荒れていた。春三の女を殺してきた。春三の思いに反して、女は春三には少しも思いを寄せていなかったのだ。

女の冷たい言葉を聞いているうちに、高崎の呉服問屋『上州屋』の娘お駒と重なってきた。

平吉は春三の女を殺したのだが、自分の中ではお駒を殺したのかもしれない。これで、俺は何人殺したことになるのか。

平気でひとを殺せる自分が恐ろしくなった。あの店の女に顔を見られた。いずれ探索の手が迫る。

井関一馬がお役に就こうが、その前に捕まるだろう。このまま遠くへ逃げ出すことも考えたが、別の土地で一からはじめるのもかったるかった。

もう、自分の命運はつきたと、平吉は半ば諦《なか》めかけていた。

真光寺に辿《たど》り着いた。山門をくぐったが、まだ誰も来ていなかった。が、すぐにひと影が近づいてくるのがわかった。

欣次かと思って前に出た。相手はもうひとりいた。そのとき、平吉は慄然《りつぜん》とした。

『丹後屋』の主人だ。そして、横にいるのは権蔵だ。ふたりとも黒い着物を尻端《しりはし》折《よ》りし、懐《ふところ》に手を突っ込んで迫ってきた。春三の仇《かたき》を討つという気力はなかった。

だが、本能的に境内に逃げた。すると、手下らしい若い男が三人と浪人が立ちふさがった。

「平吉。久しぶりだな」

権蔵が近づいてきた。

「春三を殺りやがって」

平吉はふつふつと沸《わ》きあがってきた怒りを抑えて言う。

「てめえたちが八卦堂と牛松を殺したんだ。お頭はおめえたちを許さねえ」

「平吉」

『丹後屋』の主人がゆっくり近づいてきた。

「おれはかまいたちの丹次郎というものだ。今度の件では、おめえを八つ裂きにしても足りねえ。ここで死んでもらうぜ」

丹次郎は懐から匕首《あいくち》を抜き取った。

背後にも匕首を構えた若い連中がいて、逃げ場はなかった。浪人は懐手でゆったりと構えている。ここが死に場所かと、平吉は覚悟を固めた。

思えば、『上州屋』の娘お駒と恋仲になったのがつまずきのはじまりだった。分不相応《ぶんふそうおう》な相手に翻弄《ほんろう》され、その後の人生が大きく狂ってしまったのだ。ちょうど年貢《ねんぐ》の納め時なのだ。かまいたちの丹次郎という盗賊の頭に刺されて死ぬのも、俺にふさわしいかもしれない。

だが、俺も悪党らしく闘って死んでいこうと、平吉も身構えた。

「平吉、覚悟はいいか」

丹次郎が匕首を鋭《するど》く突きだした。生き物のように平吉に襲いかかる。平吉は後ろに飛び退《の》いた。

だが、すぐ背後で若い男がにやにや笑っていた。

また、丹次郎は軽く匕首を突きだす。今度は平吉は横っ飛びに逃れる。

「遊びはここまでだ」

丹次郎は匕首を逆手《さかて》に持ち替えた。

「平吉。おめえの首にこいつを突き刺す。覚悟しやがれ」

言うなり、丹次郎は平吉に飛び掛かり、胸倉《むなぐら》を摑《つか》んで足をかけた。平吉は背中から地べたに落ちた。

丹次郎は平吉の胸倉を摑んで体を引き起こし、匕首を振りかざした。平吉は思わず、目を瞑《つむ》った。

が、衝撃は襲ってこなかった。代わりに、何かが風を切って飛んでくる音と、丹次郎のうめき声が聞こえた。

目を開けると、丹次郎の足元に石ころが転がっていた。

「誰でえ」

丹次郎が叫ぶ。

平吉は目を開けた。

編笠をかぶった侍が近づいてきた。

「おい、やっちまえ」

若い男たちが侍《さむらい》に突進した。だが、ひとりは投げ飛ばされ、ひとりは足払いをかけられて仰向けに倒れ、もうひとりはみぞおちに鉄拳を食らってうずくまった。

「きさま」

丹次郎が腰を落とし、匕首を構える。匕首を持った権蔵が侍の背後にまわった。

「平吉だな」

丹次郎と対峙しながら、編笠の侍が名を呼んだ。

平吉は驚いて、

「へ、へい」

と、答えた。

「この者たちは何者だ？」

侍が丹次郎に顔を向けながらきく。

「かまいたちの丹次郎と名乗っていました」

「なに、かまいたちの丹次郎だと」

侍はかまいたちの丹次郎の名を知っていたようだ。

「そなたがかまいたちの丹次郎か」

「てめえ、何者だ？」

丹次郎が叫ぶ。

侍は編笠をとった。

常夜灯の明かりに侍の顔がはっきり浮かび上がった。

「あっ、青痣与力」

丹次郎が悲鳴のような声を上げた。このお方が、井関一馬や久米卓之進を恐れさせたのかと、平吉も目を見張って青痣与力を見つめた。

その刹那《せつな》、権蔵が匕首を握った手を腰にあてがい背後から青痣与力に体当たりをしていったが、青痣与力は軽く身を翻《ひるがえ》し、権蔵の手を摑んでひねり上げた。

「痛《いて》え」

権蔵を突き放し、青痣与力は丹次郎にきいた。

「丹次郎。日光例幣使街道の太田宿で旅籠に付け火をして、かまいたちの万五郎を殺したのはそなただな」

「古い話だ」

「どうなんだ？　万五郎が手下を売ったと思い込んで、ひとり逃れた万五郎を追いかけて太田宿まで行った」

「獄門になった兄の仇を討ったんだ」

「先生、お願いします」

権蔵が叫ぶ。

懐から手を出し、ゆっくり浪人が近づいてきた。大柄で腕は太く、肩の肉も盛り上がっている。

「無用な殺生《せっしょう》はしたくない」

剣一郎は言ったが、浪人は無言でいきなり抜き打ちに斬りつけてきた。剣一郎も剣を抜いた。刃がかち合い、火花が飛んだ。

浪人は素早く後退し、今度は上段から斬り込んできた。剣一郎は足を踏み込んで相手の剣を鎬《しのぎ》で受け止めた。

「なぜ、盗っ人の手先に？」

剣一郎は相手の顔を睨みつけてきく。

「食うためだ」

相手は怪力にまかせて押してきた。一歩後退《あとずさ》ったが、剣一郎は渾身《こんしん》の力で押し返す。

「武士だった誇りはないのか」

「黙れ」

浪人は吼《ほ》えるように言うや、剣一郎を押し返してさっと後ろに飛び退《の》いた。

休む間もなく、上段から斬り込んできた。剣一郎はその剣を払った。だが、浪人は続けざまに打ち込んできた。剣一郎は後退りながら相手の剣をはね返す。

立て続けの打ち込みで疲れたのか、浪人の動きが鈍《にぶ》くなった。

「それまでか」

剣一郎が鋭く言う。

「くそ」

浪人は取り乱したように、またも強引に上段から打ち込んできた。剣一郎は腰を落として踏み込み、すれ違いざまに相手の胴を打った。

浪人は呻いてくずおれた。

「峰打ちだ」

剣一郎はそう言い、剣を丹次郎に向けた。

若い男たちが逃げようとした。

「待て。お頭を捨てて逃げるのか」

若い男たちは立ちすくんだ。

「そこから動くな。動けば、丹次郎を斬る」

丹次郎や権蔵はその場に固まっていた。そのとき、山門の近くに、欣次が立っているのがわかった。

やがて、山門に新たな人影が現われた。井関一馬と久米卓之進だった。青痣与力がふたりに顔を向けた。

「井関どのに久米どのですな」

青痣与力がふたりに声をかけた。

「そなたは？」

「青柳剣一郎と申す」

「青痣与力……」

一馬の体が一瞬よろけた。

「これから、四方田伊兵衛道場に松永左馬之助どのを斬りに行くおつもりですね」

「なに」

ふたりはあわてた。

「行けば、斬られますよ」

青痣与力が諭《さと》すように言う。

「どういうことだ？」

「松永左馬之助どのは十年前は御代官手代で、関東取締出役《かんとうとりしまりしゅつやく》として関八州で暴れ回る盗賊たちを相手にしてきた、凄腕《すごうで》の剣士です。その腕の確かさは、今は剣術道場の師範代を務めていることでもおわかりになりましょう」

「………」

「まだおわかりになりませんか。ある者があなたたちに松永左馬之助どのを斬るように仕向けたようですが、それは逆です。あなたたちを殺させるために、松永左馬之助どののところに向かわせようとしたのです」

「松永左馬之助は夜は酒浸《びた》りだというではないか。そんな酔いどれに後《おく》れを取るはずない」

「誰がそのようなことを」

青痣与力がきくと、一馬は山門の脇に目を向け、

「欣次」

と、叫んだ。

「おまえ、そう聞いてきたな」

「それがさっき様子を見てきたら、酒を呑んでいる様子はありませんでした」

欣次が答える。

「私も最前、松永左馬之助どのの様子を窺ってきました。すっかり、敵を迎え撃つ準備が整っているようでした。おそらく、門弟もすぐ駆けつける態勢が出来ているのではないでしょうか」

青痣与力が答える。

もう何もかもお見通しなのだと、平吉は悟った。

しかし、一馬と卓之進は、まだ事態が呑み込めていないようだった。

「どういうことだ?」

卓之進が憤然《ふんぜん》ときいた。

そのとき、丹次郎と権蔵が逃げ出そうとした。

「動くな」

一馬と卓之進に目を向けたまま、青痣与力が一喝《いっかつ》した。丹次郎と権蔵は立ち止まった。青痣与力は背中にも目があると、平吉は驚嘆《きょうたん》した。

「平吉」

再び、青痣与力が声をかけた。

「へい」

「丹次郎たちを見張っているのだ。逃《のが》すな」

「へい」

平吉は思わず張り切った声を出していた。青痣与力に頼まれたことが嬉しかった。もっと早いうちに青痣与力に出会えていたら、自分にはもっと違った生き方があったかもしれない。そう思いながら、青痣与力に頼まれたことを無事に果たそうと、平吉は丹次郎や権蔵の匕首をかき集めた。

「井関どのに久米どの。あなたたちは投げ文でいろいろ指図されていたようですね。その者は、自分ではあなた方を斃《たお》す力がないので、松永左馬之助どのに託し、夜襲を仕掛けてきた相手を斬ったという状況を作り上げたかったのです」

「………」

ふたりは声を失っていた。

「このままでは、押込みの末に斬られたという、惨《みじ》めな汚名を着せられて死んでゆくことになるところでした。どうぞ、今夜はお引き上げください」

青痣与力は諭した。

「わかった」

一馬の声は震えていた。

ふたりは悄然《しょうぜん》と山門に向かった。

「旦那さま」

平吉は思わず呼びかけた。

一馬が立ち止まって振り返った。

「平吉、御番入りまであと一歩だったのにな。今までよくついてきてくれた。礼を言う」

そう言い、一馬は卓之進とともに山門を出て行った。もう二度と一馬と会うことはない。今生《こんじょう》の別れだと思い、平吉は胸の底から込み上げてくるものがあった。

「太助」

青痣与力が闇に声をかける。

すると、自分と同い年ぐらいの男が、どこからか姿を現わした。

「へい」

「応援を呼ぶのだ」

「わかりました」

男は山門を飛び出して行った。太助と呼ばれた男は生き生きとしていた。あの男が自分たちを尾け、この場に青痣与力を導いたのではないか。もっと早く、青痣与力に巡り合えていたら……。平吉はまたもそう思った。だが、最後に青痣与力に会えたのだから、自分の人生もまんざらでもなかったと、平吉ははかなく笑った。

五

夜も更《ふ》け、辺りは静まり返っている。真《ま》っ暗《くら》な神田川沿いの中で、大番屋から明かりが漏れている。

剣一郎は佐久間町の大番屋で、平吉から話を聞いた。本郷からここに移動したのだ。奥の仮牢には、かまいたちの丹次郎とその一味が閉じ込められていた。近いうちに裁きを受けるが、丹次郎一味はこれまでにも押込みで何人も殺しており、丹次郎と権蔵は打ち首であろう。怪我の養生をしている清吉を含め、手下たちはよくて遠島だ。

「お蝶の家に押しかけ、作事奉行大島玄蕃を殺害し、五百両を盗んだのは井関一馬と久米卓之進をはじめとした五人の仕業に間違いないのだな」

剣一郎は確かめる。

「へい、間違いありません。欣次から話を聞き、一馬さまにお知らせしました」

「なぜ、作事奉行を殺したのだ?」

「一馬さまと卓之進さまが……」

「手に入れた五百両は五人で山分けしたのか」

「いえ。一馬さまと卓之進さまが二百両ずつとり、残りの百両を三人で分けました」

「それで不満はなかったのか」

「一馬さまは、御番入りのために組頭さまに付届けをしてきました。その金も付届けに使うということでしたから。井関さまが御番入りすれば、あっしも侍身分になれると思ってました」

「そうか」

剣一郎は間を置き、

「その押込みを影法師と名乗る者が知っていて、そなたたちを脅したのだな」

「そうです。五人の名を挙げ、始末しなければ、橋場の件を組頭や青柳さまに訴えると。影法師の正体が摑めぬまま、あっしらは八卦堂を太田姫稲荷に誘《おび》き出して殺し、『丹後屋』の離れに潜んでいた牛松と清吉も急襲して殺しました」

平吉は一切を話し、最後に亀戸天神の横のいかがわしい店の女を殺したことを打ち明けた。

「なぜ、女を殺したのだ？」

「春三が入れ揚げていた女でしたから、春三が死んだことを知らせに行ったんです。そしたら、春三のことなんか歯牙《しが》にもかけてなくて」

「それにしても短絡《たんらく》的すぎるのではないか」

この殺しについては太助からも聞いた。太助は井関一馬の屋敷を張っていて、出かけて行く平吉のあとを尾《つ》けた。平吉は亀戸天神の横のいかがわしい店に入って行った。外で待ち、平吉が出てきたのであとを尾けようとしたら、店から悲鳴が上がった、それで店に入ってみて女が首を絞められて死んでいるのを見たということだった。

それから一馬の屋敷に行き、見張っていると、平吉が戻ってきた。剣一郎は太助と合流し、本郷に向かう平吉のあとについていったのだった。

「昔、あっしを裏切った女に重なって……」

女を殺した理由を、平吉は口にした。平吉は上州での出来事を悔しそうに語った。

「そうか、それからそなたの人生が狂ってしまったのか。酷《ひど》い話だ。今まで、本来のそなたとは別な生き方を強《し》いられてきた。さぞ苦しかったろうな」

「へえ、ですが、最後に青柳さまに話を聞いていただいて、気持ちがだいぶ楽になりました。おかげで清々《すがすが》しい気持ちでお裁きを受けられそうです。獄門台に上がるまでのわずか期間でも、こんな穏やかな気持ちになれたことをありがたいと思っております」

平吉は覚悟を固めていた。

「平吉、じつはそなたに頼みがある。何人かを救うために、そなたの力を貸してもらいたい」

「青柳さま、なんでもお命じください」

「平吉、もっと早くそなたに会っておきたかった。そうすれば……」

そうすれば、このような生き方をさせなかったと、剣一郎は言いたかった。

「ありがとうございます。そのお言葉だけでもあっしにとっては宝でございます。そのお言葉を胸に抱いてあの世に参ります」

剣一郎は、太助と同い年ぐらいの平吉をやりきれない思いで見ていた。

翌日の朝、剣一郎は本所南割下水に早見藤太郎を訪ねた。

「影法師は早見さまでございましたか」

いきなり、剣一郎は切り出した。

「あと一歩のところであった」

藤太郎は自嘲ぎみに口元を歪めた。

「なぜ、井関どのと久米どのを？」

「あのふたりの自堕落ぶりが前々から許せなかった。ところが、あのふたりは組頭さまに賄賂を贈り、お役に就こうとしていた。そのようなことであんな者がお役に就けるはずはない。そう思っていても、万が一ということもある。そのときにそなえ、わしの手下にあの者たちの悪事の数々を調べさせることにした。そういう中で、あの者たちが不審な行動に出た。五人は舟でどこぞに向かった。手下も舟で尾行した。五人は橋場に行き、ある妾宅《しょうたく》ふうの家を見張っていた。そこに乗物が着き、立派な武士が入って行った」

藤太郎は咳払《せきばら》いをして続ける。

「あとは青柳どのが知っての通りになった。わしは手下からこの話を聞いて、これで井関も久米も終わりだと思った。ところが、どうだ。騒ぎにならなかった。作事奉行は自分の屋敷で病死ということになった。『高城屋』の三右衛門は作事奉行の名誉を守るために訴えなかったのだ。その後、郡代屋敷の知り合いからあらぬ噂を聞いた。今度、新しい御代官手付を小普請組から選ぶと。その選任は組頭さまに任されていると。この話を聞いたとき、わしは愕然とした。井関か久米が御代官手付になる。とんでもない話だ。わしの心は嫉妬《しっと》の炎に包まれた。どんな手を使っても、なんとしてでも阻止せねばならないと思ったのだ」

「かまいたちの万五郎が生きていることも知っていたのですね」

剣一郎は口をはさむ。

「じつは半月ほど前、万助と称している万五郎がわしを訪ねてきたのだ」

「えっ、万五郎が？」

「十年前、太田宿で会っていた。火事で助かった客のひとりだった。そのときの宿の客がどうしてわしを訪ねたのか不思議だったが、じつは万五郎だと打ち明けたので、わしは衝撃を受けた。あのとき、万五郎だと決めつけた男がまったくの別人だったとは……」

藤太郎はため息をつき、

「なぜ、わしを訪ねてきたのか。万五郎がこう言った。孫娘の嫁《とつ》ぎ先である『城田屋』が、かまいたちの丹次郎一味に狙われているとな。『城田屋』の前で、丹次郎と錠前破りの名人といわれた男を見かけ、『城田屋』に狙いを定めていることがわかったそうだ」

「それで、その阻止を早見どのに頼みにきたのですね」

「そうだ。だが、わしはこのとおり、手の怪我で刀を使えない。それで、井関一馬の押込みを思いだし、奴らを利用しようと考えたのだ」

「松永左馬之助どのはこの企みを？」

「当初、左馬之助が井関一馬と久米卓之進を斬ると言ってくれたのですが、それでは左馬之助に罪を負わせることになる。万五郎の話があって、わしはこれで行こうと意を決したのだ」

藤太郎はいったん閉じた目を開け、

「最後の最後に、青柳どのに見破られた。残念だ」

「いえ、もはや、井関一馬と久米卓之進は罪を免《まぬか》れません。奉公人の平吉がすべてを打ち明けてくれましたので」

「そうか。それはよかった」

「ところで、先ほどからお話に出てくる、いろいろ動き回っていた早見どのの手下とはどなたなのですか。ひょっとして、松永左馬之助どのの？」

「そうだ。四方田道場の下男だ」

「下男？」

「下男といってもただの下男ではない。我らが八州廻りとして村々をまわっていたときに、手の者として働いてくれた道案内人の男だ。左馬之助といっしょに江戸に出て、今は四方田道場で働いている。今回の件で、動き回ってくれたのがこの男だ。かまいたちの丹次郎一味の動向を調べ、井関一馬たちに投げ文をしたり……」

突然、藤太郎が顔色を変え、

「青柳どの。今回の件で、責はわしが負う。どうか、左馬之助や下男の者について……」

「早見どの」

剣一郎は藤太郎の言葉を制し、

「橋場の事件にしても、今さら作事奉行の大島さまの不名誉を明らかにすることは出来ません。また、かまいたちの万五郎が生きていたことを明らかにしたところで、誰の得にもなりません。ですので、このふたつを省《はぶ》いて事件を落着させなければなりません。したがって、早見どののことも松永左馬之助どののことも事件とは関わりないこと」

「青柳どの」

藤太郎が頭を下げたとき、廊下を走ってくる足音がした。藤太郎の嫡男であった。

「どうした、騒がしい」

「井関一馬さまと久米卓之進さまが、それぞれの屋敷で腹を召《め》されたと……」

「なに」

藤太郎が大きくため息をついた。

痛ましく思いながら、剣一郎は心の奥で安堵していた。

早見藤太郎の屋敷を出たところで、太助が待っていた。

「そうか。太助が知らせたのか」

切腹の件だ。

「はい。青柳さまに一刻も早くお知らせしたほうがよいかと思いまして」

「うむ」

「事件はどう決着がつくのでしょうか」

太助はきいた。

「井関一馬と久米卓之進がいなくなった今、真相解明は難しいだろう。ただ、言えることは、かまいたちの丹次郎一味と平吉、欣次、そして春三との確執《かくしつ》による殺し合いがあったということは間違いない」

「そうですか。あれ、青柳さま。どちらに？　両国橋は逆ですぜ」

太助が不思議そうにきいた。

「吾妻橋を渡る」

「吾妻橋ですって。これからどちらに？」

「池之端仲町だ。そこにわしの古い知り合いの万助という男がいる。その孫娘が今度『城田屋』の若旦那に嫁ぐのだ」

「えっ、『城田屋』ですって。かまいたちの丹次郎が狙っていた大店じゃないですか」

太助はきょとんとし、

「その万助さんとかまいたちの丹次郎は、まさか知り合いでは？」

太助の勘の鋭さに舌を巻きながら、

「そんなことはない」

と、剣一郎は否定する。

吾妻橋を渡ったところで、

「じゃあ、あっしは猫の蚤取りをしてきます。頼まれた家がありますので」

「そうか。今夜、屋敷に来い。いっしょに夕餉をとろう」

「いいんですかえ。わかりました」

太助は弾むような足取りで駒形《こまがた》町のほうに駆けて行った。その後ろ姿を見つめながら、「すべてをあっしの責任にしてください。それで、助かるお方がいるなら本望です」と言ってくれた平吉のすっきりした顔を思い出していた。

もっと早く出会っていたらと、またも言っても詮《せん》ないことを口にしていた。

吾妻橋に向かう老武士の一行や女中を連れた商家の内儀《ないぎ》ふうの女とすれ違い、剣一郎は雷門の前に差しかかった。

植木や盆栽を商っている露店の前にひとが集まっていた。九つ（午後零時）を告げる弁天《べんてん》山の鐘の音を聞きながら、剣一郎はにぎやかな門前を足早に過ぎて行った。

一〇〇字書評

火影

切・り・取・り・線

購買動機（新聞、雑誌名を記入するか、あるいは○をつけてください）

□（　　　　　　　　）の広告を見て	
□（　　　　　　　　）の書評を見て	
□ 知人のすすめで	□ タイトルに惹かれて
□ カバーが良かったから	□ 内容が面白そうだから
□ 好きな作家だから	□ 好きな分野の本だから

・最近、最も感銘を受けた作品名をお書き下さい

・あなたのお好きな作家名をお書き下さい

・その他、ご要望がありましたらお書き下さい

住所	〒				
氏名		職業		年齢	
Eメール	※携帯には配信できません	新刊情報等のメール配信を 希望する・しない			

この本の感想を、編集部までお寄せいただけたらありがたく存じます。今後の企画の参考にさせていただきます。Eメールでも結構です。

いただいた「一〇〇字書評」は、新聞・雑誌等に紹介させていただくことがあります。その場合はお礼として特製図書カードを差し上げます。

前ページの原稿用紙に書評をお書きの上、切り取り、左記までお送り下さい。宛先の住所は不要です。

なお、ご記入いただいたお名前、ご住所等は、書評紹介の事前了解、謝礼のお届けのためだけに利用し、そのほかの目的のために利用することはありません。

〒一〇一－八七〇一
祥伝社文庫編集長　坂口芳和
電話　〇三（三二六五）二〇八〇

祥伝社ホームページの「ブックレビュー」からも、書き込めます。
http://www.shodensha.co.jp/bookreview/

祥伝社文庫

火影《ほかげ》　風烈廻《ふうれつまわ》り与力《よりき》・青柳剣一郎《あおやぎけんいちろう》

平成30年10月20日　初版第1刷発行

著　者　小杉健治《こすぎけんじ》
発行者　辻　浩明
発行所　祥伝社《しょうでんしゃ》
東京都千代田区神田神保町3-3
〒101-8701
電話　03（3265）2081（販売部）
電話　03（3265）2080（編集部）
電話　03（3265）3622（業務部）
http://www.shodensha.co.jp/
印刷所　堀内印刷
製本所　積信堂
カバーフォーマットデザイン　中原達治

Printed in Japan ©2018, Kenji Kosugi ISBN978-4-396-34462-7 C0193

祥伝社文庫の好評既刊

小杉健治

真《まこと》の雨（上） 風烈廻り与力・青柳剣一郎㉚

野望に燃える藩主と、度重なる借金に疲弊する藩士。どちらを守るべきか苦悩した家老の決意は――。

小杉健治

真の雨（下） 風烈廻り与力・青柳剣一郎㉛

完璧に思えた〝殺し〟の手口。その綻《ほころ》びを見つけた剣一郎は、利権に群れる巨悪の姿をあぶり出す！

小杉健治

善の焔《ほのお》 風烈廻り与力・青柳剣一郎㉜

牢屋敷近くで起きた連続放火事件。付け火の狙いは何か！　くすぶる謎を、剣一郎が解き明かす！

小杉健治

美の翳《かげり》 風烈廻り与力・青柳剣一郎㉝

銭に群がるのは悪党のみにあらず。奇怪な殺しに隠された真相とは⁉　人間の気高さを描く「真善美」三部作完結。

小杉健治

砂の守り 風烈廻り与力・青柳剣一郎㉞

矢先稲荷《やさきいなり》脇に死体が。検死した剣一郎は剣客《けんかく》による犯行と判断。三月《みつき》前の刃傷事件と絡め、探索を始めるが……。

小杉健治

破暁《はぎょう》の道（上） 風烈廻り与力・青柳剣一郎㉟

女房が失踪。実家の大店「甲州屋」の差金だと考えた周次郎《しゅうじろう》は、甲府へ。旅の途中、謎の刺客に襲われる。

祥伝社文庫の好評既刊

小杉健治
破暁の道（下）
風烈廻り与力・青柳剣一郎㊱

江戸であくどい金貸しの素性を洗っていた剣一郎。江戸と甲府で暗躍する、闇の組織に立ち向かう！

小杉健治
離れ簪《かんざし》
風烈廻り与力・青柳剣一郎㊲

夫の不可解な病死から一年。早くも婿を取る商家。奥深い男女の闇――きな臭い女の裏の貌《かお》を、剣一郎は暴けるのか？

小杉健治
霧に棲《す》む鬼
風烈廻り与力㊳

十五年前にすべてを失った男が帰ってきた。哀しみの果てに己《おのれ》を捨てた復讐鬼を、剣一郎はどう裁く⁉

小杉健治
伽羅《きやら》の残香
風烈廻り与力・青柳剣一郎㊴

富商、武家、盗賊。三つ巴《どもえ》の争い。剣一郎が見た、欲にまみれた男たちの哀しき争いの結末とは⁉

小杉健治
夜叉《やしや》の涙
風烈廻り与力・青柳剣一郎㊵

剣一郎、慟哭《どうこく》――。義弟を喪《うしな》った悲しみを抱き、断絶した父子《おやこ》のため、一家皆殺しの残忍な押込み一味を討つ。

小杉健治
幻夜行《げんやこう》
風烈廻り与力・青柳剣一郎㊶

その旅籠《はたご》に入った者は死ぬ！　殺された女中の霊が……？　次々と起こる不可解な死の謎《なぞ》に、剣一郎が挑む。

祥伝社文庫の好評既刊

今村翔吾

火喰鳥《ひくいどり》

羽州《うしゅう》ぼろ鳶《とび》組

かつて江戸随一と呼ばれた武家火消・源吾《げんご》。クセ者揃いの火消集団を率いて、昔の輝きを取り戻せるのか!?

今村翔吾

夜哭烏《よなきがらす》

羽州ぼろ鳶《とび》組②

「これが娘の望む父の姿だ」火消としての矜持を全うしようとする姿に、きっと涙する。最も〝熱い〟時代小説!

今村翔吾

九紋龍《くもんりゅう》

羽州ぼろ鳶《とび》組③

最強の町火消とぼろ鳶組が激突!? 残虐な火付け盗賊を前に、火消は一丸となれるのか。興奮必至の第三弾!

今村翔吾

鬼煙管《おにきせる》

羽州ぼろ鳶《とび》組④

京都を未曾有の大混乱に陥れる火付犯の真の狙いと、それに立ち向かう男たちの熱き姿!

今村翔吾

菩薩花《ぼさつばな》

羽州ぼろ鳶《とび》組⑤

「大物喰いだ」諦めない火消たちの悪あがきが、不審な付け火と人攫いの真相を炙り出す。

今村翔吾

夢胡蝶《ゆめこちょう》

羽州ぼろ鳶《とび》組⑥

業火の中で花魁《おいらん》と交わした約束——。消さない火消の心を動かし、吉原で頻発する火付けに、ぼろ鳶組が挑む!